Tatort Hannover

Über das Buch:

„Lassen Sie Ihren Mordsfantasien freien Lauf und schreiben Sie eine spannende Kurzgeschichte, die das Blut in den Adern gefrieren lässt!" Damit hatten die Buchhandlung Schmorl & von Seefeld und die Books on Demand GmbH die Hannoveraner im Sommer 2003 aufgefordert, einen Kurzkrimi einzureichen. Mehr als 100 Einsendungen gingen ein. Nebenbuhler wurden im Niedersachsen-Stadion erschossen, Ehemänner heimlich im Bornumer Holz entsorgt oder gar ein Anschlag auf den Maschsee geplant. Kurz, das ganze Spektrum krimineller Machenschaften war vertreten. Die zehn besten Krimis rund um Hannover finden sich in diesem Sammelband.

Die Autoren:

Die Autorinnen und Autoren Jörg Aehnlich, Elisabeth Brink, Manfred Depner, Detlef Ehrike, Silke Gehrkens, Hans-Hermann Lührs, Georg M. Peters, Annette Petersen, Dagmar Seidel-Raschke und Karin Speidel sind Preisträger des von der Buchhandlung Schmorl & von Seefeld und BoD ausgeschriebenen Schreibwettbewerbs „Tatort Hannover".

Tatort Hannover

Die spannendsten Kurzkrimis des Schreibwettbewerbs der
Buchhandlung Schmorl & von Seefeld

Herausgeber:
Schmorl & von Seefeld Nachf. GmbH
Bahnhofstraße 14
D – 30159 Hannover
Tel.: 0511/3675-0
Fax: 0511/325625
www.schmorl.de
service@schmorl.de

Herstellung & Verlag:
Books on Demand GmbH
Gutenbergring 53
D – 22848 Norderstedt
Tel.: 040/534335-0
Fax: 040/534335-84
www.bod.de
info@bod.de

Inhaltsverzeichnis

Vorwort 7

16:50 Uhr ab Kröpcke 9
Annette Petersen

Anschlag auf den Maschsee 21
Detlef Ehrike

Von Monstern und anderen Tieren 30
Silke Gehrkens

Der Auftrag 39
Georg M. Peters

Linie 131 – Von Bahnhof Linden nach nirgendwo 52
Dagmar Seidel-Raschke

Meine geliebte Pauline 67
Karin Speidel

Tod über der Ihme 76
Jörg Aehnlich

Ein Mordssommer 90
Manfred Depner

Der Taubenhasser 110
Elisabeth Brink

Tod im Stadion 125
Hans-Hermann Lührs

Liebe Leserin, lieber Leser,
diese Stadt ist offensichtlich ein Mekka für Krimiautoren, denn als wir zu einem Krimiwettbewerb aufriefen, war die Resonanz überwältigend. Jeder Beitrag musste über einen gnadenlosen Parcours. Mindestens vier strenge Kritiker beurteilten unabhängig voneinander jeden Krimi. Fesselnd, überraschend oder amüsant, diesem Anspruch wurden etliche gerecht. Aber was war uns außerdem besonders wichtig? Das Hannoverfeeling! Und das ließ dann nur manche das Rennen machen. Alle Teilnehmer der letzten Runde hätten es verdient, in diesem Buch veröffentlicht zu werden, aber die Anzahl war von vorneherein auf zehn begrenzt. Diese zehn Siegergeschichten liegen jetzt vor Ihnen. Und für uns war es nicht minder aufregend als für diese Autoren, die Sie nun auch entdecken dürfen. Premiere! Wir wussten es doch eigentlich immer schon: Hannover ist spannend!

Viel Spaß beim Lesen wünschen Ihnen

16.50 Uhr ab Kröpcke
Annette Petersen

„Vorname?"

„Anneliese."

Sie trommelte ungeduldig mit den Fingern auf der Handtasche, die auf ihrem Schoß lag, während der junge Polizist ihr gegenüber in quälender Langsamkeit ihren Namen tippte. Anneliese. Wer hieß heutzutage schon noch Anneliese!

Friedemann, ihr verstorbener Mann mit dem noch viel unmöglicheren Namen, hatte sie immer Liesel genannt, was ihr verhasst gewesen war. „Wenn dir mein Name zu lang ist, dann sag doch einfach Anne!", hatte sie ihn oft gebeten. Aber er hatte nur gelacht, wobei er es geschafft hatte, seine Mundwinkel trotzdem nach unten zu ziehen. Sie hatte vor dem Spiegel versucht, das zu imitieren. Es war ihr nie gelungen. „Anne? Das klingt ja richtiggehend intellektuell. Nein, das passt nicht zu dir, Liesel!" Und damit war die Sache für Friedemann erledigt gewesen. Anneliese war kaum besser als Liesel. Und wahrscheinlich hatten sich bei dem Polizisten in diesem Moment die letzten Zweifel aufgelöst, ob er es hier mit einer ernst zu nehmenden Aussage zu tun hätte. Wer Anneliese hieß, konnte ja nur debil sein. Der blonde, stachelig gegelte Bengel ihr gegenüber hieß wahrscheinlich Sascha oder Benjamin oder dergleichen. „Also, Frau ...", er suchte auf dem Bildschirmformular herum. „Frau Dickmann, wo ..."

„Diek."

„Bitte?"

„Diekmann, mit i-e, nicht Dickmann!"

„Oh, Verzeihung."

Sofort begann wieder das nervtötende Herumsuchen auf der Tastatur, um den Fehler zu korrigieren. Anneliese seufzte und sah auf den Kalender an der Wand. Der Trommelwirbel auf ihrer Handtasche gewann an Rasanz. War wirklich noch der 18. Juni? Es kam ihr vor, als säße sie schon seit einer Woche hier. Sie hatte immer geglaubt, Menschen unter dreißig wären mit dem Computer aufgewachsen und könnten mit der Tastatur besser umgehen als mit dem Bleistift. Wenn das so war, welche erbärmlichen Kringel würde der hier erst von Hand zu Wege bringen!

„Sie haben also einen Mord beobachtet."

„Das sagte ich schon."

„Wann und wo war das denn genau?"

„Wie gesagt, ich saß in der Straßenbahn. In der 9 Richtung Empelde. Ich wohne ja in Badenstedt. Da kommt man kurz vor Badenstedt an so einem riesigen Kleingartenverein vorbei. Man fährt direkt an den Gärten lang. Und in einem der Gärten ..."

„Wann war das denn genau?"

„Ich weiß nicht, vorhin so gegen fünf vielleicht.".

„Vielleicht?"

„Herrgott noch mal, ich kuck doch nicht permanent auf die Uhr! Warten Sie. Um halb fünf bin ich bei Karstadt raus, dann bin ich noch zu Schmorl, ein Buch umtauschen, und dann zur Bahn. Ja genau. Fuhr sechzehnuhrfünfzig. Am Kröpcke." Als sie alles herausgesprudelt und bekräftigend genickt hatte, ärgerte sie sich sofort. Immer diese halben Sätze und die falsche Grammatik, wenn sie aufgeregt war, als wäre sie ihrer Muttersprache nicht mächtig! Schon Friedemann, der Deutschlehrer, hatte sich immer darüber lustig gemacht. Kein Wunder, dass der Polizist sie für plemplem hielt. Jedenfalls sah er sie jetzt genauso an.

„Hmmh."

In diesem „Hmmh" lag ein ganzes Meer von Skepsis, Mitleid und Ratlosigkeit, obwohl der Singsang darin von der Art war, die man gewöhnlich benutzt, um seine Zustimmung zu signalisieren.

Gleich ruft er einen Krankenwagen, dachte Anneliese. Aber der Bengel fragte nur: „Sechzehnfünfzig ab Kröpcke?" Er grinste, legte seine Unterarme auf den Schreibtisch und verschränkte seine Finger ineinander. „Frau – äh – Diekmeier ..."

„Mann!"

„Na na, nicht in diesem Ton bitte!"

Er wurde wieder geduldig. „Also, sagen Sie mal, lesen Sie gerne Krimis?" Anneliese starrte ihn irritiert an. „Sind Sie sicher, dass Sie am Kröpcke eingestiegen sind", sein Grinsen wurde breiter, „und nicht in Paddington?" Da begriff sie endlich, was er meinte. „Schönen Gruß von Agatha Christie, was?", zischte sie ihn an. Sie packte ihre Handtasche, sprang auf und holte Luft. In ihrem Kopf rollte eine nicht enden wollende Liste von Ausdrücken herab, von denen „saublöder Lackaffe" noch der harmloseste war. Erwartungsvoll blickte der Polizist sie an. Sie schluckte. Nein, den Gefallen würde sie ihm nicht tun. Sie atmete noch einmal tief durch. „Na, dann gehe ich jetzt mal wieder. Vielen Dank für Ihr Interesse." Enttäuscht blickte Jung-Derrick ihr hinterher. Als die Tür hinter Anneliese zufiel, griff er zur Computermaus und beendete das Programm. „Wollen Sie die Datei speichern?", erschien die obligatorische Frage im Bildschirmfenster. „Soweit kommt's noch!", brummelte er und klickte auf „Nein". Anneliese verschwand im Computernichts.

Die Tür ging auf, und seine Kollegin Miriam kam herein: „War was?"

„Nö, nur Krimi-Käthe war eben hier."

„Na, dann hast du sie ja auch endlich mal erlebt."

„Ja, aber heute hieß sie anders."

„Komisch, sonst nennt sie immer ihren eigenen Namen. Und wer musste diesmal dran glauben? Herbert Schmalstieg, Ralf Rangnick oder Klaus Meine?"

„Nein, es war ein unbekannter Toter. Öfter mal was Neues."

„Jannik, bist du sicher, dass das Krimi-Käthe war?"

„Na klar, nach allem, was ihr erzählt habt. Du müsstest sie doch eigentlich noch auf dem Gang getroffen haben."

„Die wutschnaubende ältere Frau, die gerade hier raus kam? Das war nicht Krimi-Käthe!"

„Nicht?" Er starrte Miriam fassungslos an. „Aber sie hat doch so eine bescheuerte Räuberpistole erzählt, dass ich dachte ..."

„Wie heißt die Frau, und was hat sie genau gesagt, Jannik?"

„Hey, ich hab doch überhaupt nicht richtig zugehört, ich hab keine Ahnung, irgendwas von 'nem Garten und 'ner Straßenbahn und Agatha Christie." Er lachte unsicher.

„Wie heißt sie?", fragte Miriam lauter und mit Nachdruck, wie sie es sonst nur bei Verhören tat.

„Irgendwas Altmodisches. Annemarie oder so. Dickmeier, glaube ich."

Miriam seufzte und sagte nachdenklich: „Sei froh, wenn Frau Dickmeier oder so nicht augenblicklich zum Präsidenten rennt."

Nervös räuspernd fuhr sich Jannik mit einer Hand durch seine blonden Haarstacheln und sah angestrengt aus dem Fenster.

Jannik machte sich allerdings völlig überflüssige Sorgen um seine berufliche Zukunft, denn nichts lag Anneliese Diekmann ferner, als sich mit einem weiteren arroganten Polizisten herumzuärgern oder sich – noch schlimmer! – von irgend so einer Vorzimmerzicke abbügeln zu lassen. Nicht zum ersten Mal wünschte sie sich, so zu sein wie ihre Schwägerin Julia. Eine echte Dame vom wohlfrisierten Scheitel bis zu den Sohlen ihrer flachen Pumps. Neben ihr mutierten sogar Frauen, die zwanzig Jahre jünger waren als sie, zum Aschenputtel. Von der kleinen pummeligen Anneliese ganz zu schweigen. Julia hätte sich nicht so von diesem Rotzlöffel abservieren lassen! Zum Trost spendierte sie sich selbst am Kröpcke ein Eis. Eine von diesen Riesenkugeln. Sie entschied sich für Melone.

Und was machte sie nun mit ihrem Mord? Sie war sich völlig sicher, gesehen zu haben, wie eine Gestalt eine andere Gestalt geschubst hatte. Mitten auf dem Rasen. Und diese Gestalt war reglos liegengeblieben. Wie tot. So was musste man doch melden! Sie war ohne zu zögern aus der Bahn gestiegen und gleich wieder zurück in die Stadt gefahren.

Sie tupfte mit ihrem Taschentuch einen Klecks Moloneneis von ihrer neuen Bluse. Wenigstens hatte sie sich Schokolade verkniffen. Während sie den Wettlauf aufnahm, ob sie schneller essen oder das Eis schneller tropfen konnte, hörte sie aus der Tiefe der U-Bahn-Station eine weibliche Stimme: „Linie 9. Empelde" Sie stopfte das spitze Ende der Eistüte in den Mund. Wenn sie jetzt jemand nach der Uhrzeit fragte, würde sie nur grunzen können. So schnell sie konnte, lief sie die Rolltreppe hinunter, immer noch kauend. Sie sprang in die Tür der Bahn, die sich mit lautem Klappern noch mal öffnete.

Als sie am Bauweg aus der Bahn stieg, wusste sie kein bisschen, was sie jetzt eigentlich tun wollte. Nach einigem Suchen fand sie den Eingang zu den Gärten. Wie Miss Marple fühlte sie sich jedenfalls nicht. Ja, sie kannte „16.50 Uhr ab Paddington". Natürlich. Zu Friedemanns größtem Missvergnügen hatte sie damals die Krimis von Agatha Christie verschlungen. Er hatte ihr Bücher von Thomas Mann auf den Nachttisch gelegt, und sie hatte sie brav gelesen. „Buddenbrooks" fand sie sogar ganz unterhaltsam, den „Zauberberg" hatte sie allerdings nach der Hälfte weggelegt. Friedemann hatte, wie immer in solchen Momenten, mit leiser Verzweiflung geseufzt, seine Brille hochgeschoben und mit Daumen und Zeigefinger seine Augen massiert. Dann hatte er das Buch wortlos wieder in seine alphabetisch geordnete Bibliothek einsortiert.

So mit den Gedanken in der Vergangenheit, hatte sie überhaupt nicht bemerkt, wie weit sie schon gelaufen war. Sie ging parallel zur Straße hinter der ersten Gartenreihe entlang. Eigentlich hatte sie ja versuchen wollen, den fraglichen Rasen in diesem Meer von Gärten wiederzufinden. Sie wandte sich in Richtung Straße. Natürlich sah sie nun die vordersten Gärten alle von der Rückseite. Sie ärgerte sich, dass sie daran nicht gedacht hatte. Sie hätte natürlich direkt an der Straße entlanggehen müssen. Wütend stieß sie mit dem Fuß auf und fluchte undamenhaft. In diesem Moment erschien über der Hecke direkt neben ihr ein Gesicht. Sie hätte vor Schreck fast geschrien.

„Julia? Ich dachte Ihr wärt radeln im Altmühltal!"

Die Frau im Garten, die gerade dabei war, Tomatenpflanzen an Stöckchen anzubinden, richtete sich jetzt ganz auf. Sofort bemerkte Anneliese ihren Irrtum. „Oh, entschuldigen Sie, ich dachte ... Sie sehen meiner Schwägerin so ..., also, das war eine Verwechslung, tut mir Leid!", haspelte sie.

Die Fremde lachte herzlich und balancierte auf einem schmalen Steinstreifen, der als Weg im Gemüsebeet diente, Richtung Gartentor auf sie zu. „Macht doch nichts. Kann ich Ihnen helfen? Wen suchen Sie denn?" Sie strahlte Anneliese an. Die Ähnlichkeit war unglaublich. „Ich? Och, ich geh hier nur so'n bisschen spazieren." Lahm, dachte sie, so richtig lieselmäßig. Als Detektivin würde ich verhungern. Die andere strahlte sie noch immer an. „Na, dann kommse doch eben rahn zu mir in den Gachten. Ich wollte sowieso gerade Kaffee kochen."

Nach dem süßen Eis war ihr sehr nach Kaffee, und ein bisschen ausruhen wäre auch nicht schlecht. Außerdem konnte sie auf diese Weise unauffällig ein wenig den Blick über die Gärten schweifen lassen. Und wer weiß, vielleicht bekam sie auf diese Weise auch ein wenig Klatsch mit. Das war schon mehr nach Miss-Marple-Art ...

„Na gut, warum eigentlich nicht." Sie lächelte verlegen. „Hübsch haben Sie's hier. Macht sicher 'ne Menge Arbeit." Sie betrachtete neidisch die prächtigen Staudenbeete und dachte an ihre paar kümmerlichen Zimmerpflanzen und die vertrockneten Lobelien auf dem Balkon. Dann folgte sie der Frau in die kleine Laube. „Mein Name ist übrigens Diekmann. Anneliese." Sie hielt ihre Hand hin, zog sie aber sofort zurück, als sie sah, dass die Frau gerade löffelweise Kaffee in den Filter zählte. Nach ein paar Sekunden war die Konzentrationsaufgabe geschafft, und die Kleingärtnerin drehte sich zu ihr herum. „Freut mich. Ich bin Helene Schaper. Sagen Sie ruhig Lene. Darf ich Anne zu Ihnen sagen? Hier siezt sich nämlich niemand." Anneliese wurde rot vor Freude und nickte. Die beiden schüttelten sich die Hand und setzten sich an den Tisch auf der kleinen Terrasse. Anneliese sank in die weiche Stuhlauflage. „Gehst du oft hier ssspazieren?", fragte Lene. „Nein, eigentlich nicht, nur heute", antwortete Anneliese vage und versuchte angestrengt, das Gespräch in eine nützliche Richtung zu lenken. Doch Lene kam ihr wieder zuvor.

„Wohnst du hier in der Nähe?"

„In Badenstedt."

„Und da bist du mal kuchz frische Luft schnappen gekommen, was?", schmunzelte Lene. „Ich geh mal den Kaffee holen."

Die glaubt mir kein Wort, dachte Anneliese. Dabei wollte ich sie doch aushorchen, und jetzt läuft es andersrum.

Als Lene wiederkam, hatte sie ein Tablett dabei, auf dem nicht nur Thermoskanne, Zucker, Sahne und Kaffeebecher standen, sondern auch eine schlanke Glasflasche ohne Etikett, halb voll mit sehr dunklem Inhalt, sowie zwei kleine Gläser. „Den musst du probieren! Johannisbeerlikör, selbst gemacht. Schmeckt großachtig! Das ist noch der Rest vom letzten Jahr, bald setze ich wieder neuen an." Anneliese wehrte erschrocken ab: „Um Gottes Willen, doch nicht so früh am Tage!" Doch Lene goss bereits ein. „Ach was, der ist morgens um zehn genauso lecker wie abends um zehn. Hier. Auf dahn Wohl!"

„Na gut." Anneliese lächelte und hob ihr Glas. „Auf deins!"

Dreißig Minuten, einen Kaffee und zwei Liköre später war beiden klar, dass sie eine Freundin gefunden hatten. Es kam ihnen vor, als ob sie sich schon ewig kannten, und sie plauderten, als hätten sie dreißig Jahre nachzuholen. „Wie lange bist du schon verwitwet?", fragte Lene.

„Im September werden es, warte mal – ja, tatsächlich: genau zwanzig Jahre!"

Lene nickte nur und goss Kaffee nach. Anneliese war froh, dass sie sich keine der Floskeln à la „Das tut mir wirklich schrecklich leid!" anhören musste.

Sie spielte mit dem Kaffeelöffel und erinnerte sich: Den ganzen Vormittag war sie in der Wohnung in Ricklingen mit klopfendem Herzen auf und ab gelaufen. In der Nacht hatte sie beschlossen, dass sie Friedemann verlassen würde. Sie hatte einfach den Gedanken nicht mehr ertragen können, dass ihr Leben auf diese bedrückend unfrohe Weise bis zum Schluss weiter gehen würde. Sie hatte keine Ahnung gehabt, was sie nun tun würde. Vielleicht könnte sie ja versuchen, wieder als Bürogehilfin zu arbeiten, wie vor ihrer Ehe. Nur weg. Wenn Friedemann mittags aus der Schule käme, würde sie es ihm mitteilen. Die Koffer waren schon gepackt gewesen. Endlich hatte es geklingelt. Friedemann hatte nie einen Schlüssel mitgenommen. Er ging davon aus, dass seine Liesel ihn zu Hause erwartete. Und das hatte sie getan, auch an diesem allerletzten Tag. Nur hatte sie zum ersten Mal kein Mittagessen gekocht. Sie hatte noch einmal tief durchgeatmet und war dann zur Tür gegangen. Verblüfft hatte sie nach dem Öffnen die beiden Polizisten angeblickt, die vor ihr standen. „Frau Diekmann? Wir haben leider eine schlimme Nachricht für Sie." Friedemann hatte beim Linksabbiegen nicht aufgepasst. Ein Lastwagen war entgegengekommen, er hatte keine Chance gehabt und war sofort tot gewesen. Anneliese hatte damals nur „Ja." gesagt und war dann ohnmächtig geworden. Die natürliche Reaktion einer frisch gebackenen Witwe. Niemand hatte je erfahren, dass sie keineswegs so geschockt, sondern einfach so kolossal erleichtert gewesen war, dass sie umsank wie in einem schlechten Film.

Sie blickte wieder hoch, direkt in Lenes Augen. „Und du? Bist du verheiratet? Ist dein Mann zum Skat Spielen zwei Gärten weiter oder so?"

Lene rührte in ihrer Tasse, obwohl sie den Kaffee schwarz trank. Offenbar war auch sie mit den Gedanken weit weg. Sie seufzte schwer. „Er war mal 'n netter Mann. Vor fünfunddrahßig Jahren. Dann fing er an zu trinken, immer mehr, und jetzt" – sie stockte – „ist er kahn netter Mann mehr." Sie beendete den Satz kurz und trank hastig den Likör aus. Anneliese hoffte, dass der Mistkerl nicht auch noch seine Frau in den Alkohol treiben würde.

„Er mag den Gachten nicht. ‚Ewig bist du nur in dem Schahß-Gemüse zugange, könntest auch mal 'n bisschen putzen gehen und Geld verdienen.' Tja, Schnaps ist teuer."

Diesmal war es an Anneliese, schweigend zu nicken, aber nach einer Weile konnte sie sich die nahe liegende Frage nicht mehr verkneifen, nicht nach drei Gläsern Johannisbeerlikör. „Warum lässt du dich nicht scheiden?"

Diese Frage hatte sich Lene sichtlich selbst schon oft gestellt. Sie schwieg lange. „Schahdung – ja. Ich glaube, ich trau mich nicht. Erstens, wahl ich Angst vor ihm hab und zwahtens, wahl ich noch nie allahn gelebt habe."

„Habt ihr Kinder?"

„Zum Glück nicht", antwortete Lene leise. Es klang nicht wirklich so, als wenn sie glücklich darüber wäre. Anders als Anneliese, die immer froh gewesen war, dass „es" nicht geklappt hat. Sie hatte nie Kinder haben wollen. Wie hatte sie es doch vergleichsweise gut! Sicher, sie hatte es sich mit den einundzwanzig Jahren Ehe teuer erkauft, aber nach Friedemanns Tod hatte er sie gut versorgt zurückgelassen. Von der Lebensversicherung hatte sie damals gar nichts gewusst, und die Witwenrente kam noch dazu. Sie hatte mit einundvierzig Jahren endlich, endlich ganz für sich und nach ihrem Geschmack leben können. Bescheiden, aber so, wie sie wollte. Lene dagegen war noch immer an ein Scheusal gefesselt. Jetzt stand sie auf und ging in ihr Häuschen.

„Ich hole noch 'n paar Kekse", rief sie. Anneliese blickte nach oben. Inzwischen hatten sich dicke graue Wolken über ihnen zusammengeballt. „Wo sind die denn jetzt wieder?", tönte es von drinnen. Schranktüren klappten auf und zu. Die ersten Tropfen klatschten auf die Plastik-Tischdecke. Kurz entschlossen stand Anneliese auf und nahm die Polsterauflagen von den Stühlen. Sie sah sich suchend um. „Lene!", rief sie „Es regnet. Wo soll ich die Polster hinlegen? In die grüne Plastikbox?" Sie marschierte darauf zu. „Ja, bist du bitte so lieb? Danke!", kam es von drinnen. Eine Sekunde später, genau in dem Moment, als Anneliese den Deckel der Box anhob, schrie Lene „Naahn!!!". Die Polster fielen zu Boden, Anneliese schlug sich die Hand vor den Mund und torkelte rückwärts. In der Plastikbox lag ein toter Mann. Die Beine angewinkelt, die Arme über der Brust gekreuzt. Wer das war, stand völlig außer Frage: Richard Schaper, Lenes Ehemann. Zitternd drehte sich Anneliese zu Lene um, die völlig versteinert vor ihr stand. „Du warst das also, die ich von der Straßenbahn aus gesehen habe!", flüsterte sie. „Du hast deinen Mann ermordet." Lene sah Anneliese völlig verständnislos an. „Was?" Dann warf sie den Deckel der Box zu. „Mochd? Sspinnst du? Komm mit rahn, dann erzähle ich es dir." Sie fasste sie am Ellenbogen und führte sie in das kleine Häuschen. Dann ging sie noch mal hinaus und holte die Polster vom Rasen. Draußen regnete es inzwischen heftig.

Als ihre Augen sich an die Dunkelheit in dem kleinen Raum gewöhnt hatten, ließ sich Anneliese auf einen hölzernen Klappstuhl fallen, der am Fenster stand. Sie sah nach draußen, die Auflagenbox im Blick, auf die der Regen prasselte, und hörte Lene erzählen, die am Tisch saß, die Ellbogen aufgestützt, der Kopf in den Händen.

„Er kommt sonst nie hierher. Gestern kam er doch. Sstuchzbetrunken natürlich. Es war mir so pahnlich. Gottsahdank war von den Nachbarn kahner da. Wahrschahnlich wegen Fußball ... Dann fing er wieder an zu zetern. Er sstahgerte sich immer mehr rahn. Ich sollte ihm Geld geben, aber ich hatte selbst kahns mehr. Irgendwann fing er an, auf mahnen Tagetes rumzutrampeln. Absichtlich! Die hab ich selber gezogen!" Empört starrte sie Anneliese an. „Da hab ich ihm ahnen Schubs gegeben, damit er zur Sahte geht. Aber er war ja so betrunken, dass er glahch hinfiel. Es machte ,Rumms', und er blieb liegen. Ich hab die Beete mit Feldsstahnen ahngefasst. Da muss er draufgeknallt sahn. Und zack – mausetot." Sie schüttelte fassungslos den Kopf. „Anne! Ich bin doch kahne Möchderin!" Sie sah ihre Freundin flehentlich an. „Ich hatte kahne Ahnung, was ich tun sollte. Ich konnte ihn doch da nicht so liegen lassen!" Sie seufzte und fuhr fort: „Also hab ich ihn in die Auflagenbox gehievt. Er war schon immer ein dürres Hemd, kahn sstattlicher Mann. Während ich ziemlich sspochtlich bin." „Stimmt", pflichtete Anneliese ihr bei und merkte gar nicht, dass sie dabei an Julia und nicht an Lene dachte, die sie ja kaum kannte. Und doch war sie ihr so vertraut wie eine alte Freundin. Die alte Freundin, die sie nie gehabt hatte, auf die sie so lange hatte warten müssen. Wenn alles rauskam, würde Lene bestimmt ins Gefängnis müssen – zumindest ein paar Jahre. Man konnte schließlich nicht so einfach jemanden totschubsen.

Nein, das würde sie nicht zulassen. Sie hatte irgendwie das Gefühl, dem Schicksal, das es mit ihr so gut gemeint hatte, noch was schuldig zu sein.

„Und jetzt?," fragte sie Lene. „Hier kann er ja wohl nicht bleiben. Wenn es weiter so warm bleibt ..." Sie schluckte den Rest des Satzes herunter. Lene schloss die Augen und atmete durch. Dann flüsterte sie: „Was soll ich bloß tun?"

Anneliese drehte sich auf dem Stuhl zu ihr um, stand auf und sah Lene mit entschlossener Miene in die Augen. „Das kriegen wir hin."

Ein halbes Jahr später saßen die beiden Frauen in ihrer gemeinsamen Vierzimmerwohnung in der List. Auf dem liebevoll gedeckten Kaffeetisch vor ihnen stand ein Adventskranz, drei Kerzen brannten flackernd, ein Wachstropfen rann von der einen herunter und bildete im Kerzenständer eine kleine dickflüssige Pfütze. Anneliese und Lene hoben ihre Likörgläser und stießen an. „Auf die Frahhaht!", sagte Lene feierlich. „Auf die Freundschaft!", ergänzte Anneliese. Diesen Doppeltrinkspruch sagten sie seit jener Nacht fast täglich zueinander. Jener Nacht, in der sie Richards sterbliche Überreste in Lenes geräumigen Fahrradanhänger gewuchtet, eine Plastikplane über ihn gelegt und sich dann auf den Weg ins Bornumer Holz gemacht hatten. Was sie getan hätten, wenn sich jemand nachts um drei über zwei ältere Damen mit einem schwer beladenen Fahrradanhänger gewundert und womöglich die Polizei verständigt hätte, wussten sie beide nicht. Sie hatten einfach Glück gehabt. Sie hatten zwar beide einen Riesenschnupfen bekommen, weil es die ganze Nacht weiter geregnet hatte, aber dafür waren auch ihre Fußspuren im Matsch verschwunden, und es war ihnen niemand begegnet.

Richard war schon am nächsten Tag gefunden worden – auf die klassische Weise: ein Spaziergänger mit Hund. Der Feldstein lag neben seinem Kopf, und er hatte immer noch jede Menge Alkohol im Blut. Lene war ob der Todesnachricht angemessen aufgelöst gewesen, aber damit hatte man ja eines Tages mal rechnen müssen, nicht wahr, irgendwann hat ja der Schutzengel auch mal Feierabend. Traurig, ja, aber nicht zu ändern. Es war eine schöne Beerdigung gewesen. Die Polizei hatte sie taktvoll verhört, sie aber bald in Ruhe gelassen.

Anneliese hatte sich die Haare ganz kurz schneiden und rötlich färben lassen, so rötlich, wie sie ihr Spiegelbild eben ertragen konnte. Keine Spur mehr von Dauerwelle. Die Zeit der Seidenblusen und Faltenröcke war vorbei, sie trug bequeme Baumwollsachen und zum ersten Mal im Leben lange Hosen. Dass Jung-Derrick sie eines Tages auf der Straße erkannte, wollte sie auf keinen Fall riskieren. Einmal hatte er sie sogar in der Straßenbahn angesprochen. Sie bekam vor Schreck ganz weiche Knie, als sie sich zu ihm umdrehte. Aber er hatte nur höflich gefragt, ob er mal vorbei könne. Sie hatte genickt und ihm Platz gemacht. Und dann lächelnd zugesehen, wie sich die Tür klappernd hinter seinem Rücken schloss.

Annette Petersen

Annette Petersen, verheiratet, zwei Töchter, 1964 in Braunschweig geboren, dort Abitur und Geographie-Studium an der Technischen Universität. Nach freier Mitarbeit beim NDR Hörfunk fünf Jahre Redakteurin beim Evangelischen Kirchenfunk Niedersachsen in Hannover, wo sie seit 1993 wohnt. Nach fünf Jahren Elternzeit wieder freie Mitarbeiterin beim NDR Hörfunk.

„16.50 Uhr ab Kröpcke" ist aus lauter Übermut entstanden und der erste Versuch in dieser Richtung.

ANSCHLAG AUF DEN MASCHSEE
Detlef Ehrike

Es ist ein heißer Sommernachmittag, dieser 15. Juni 1980, und Hannover scheint wie gelähmt von der brütenden Hitze. Schon wochenlang hat sie sich in den Straßenschluchten festgekrallt. Die Straßen in der City der Landeshauptstadt sind nahezu menschenleer, nur wenige Menschen trauen sich nach draußen, um ihren Geschäften nachzugehen. In den Freibädern aber brodelt das Leben und das Geschäft mit der Hitze; denn Wasser jeglicher Art ist in solchen Zeiten sehr begehrt, besonders im, auf und am Maschsee. Neben kleinen Segelbooten ziehen wie gewohnt die Schiffe der Maschseeflotte ihre Kreise. Ihre Planken sind voll besetzt mit Erholung Suchenden, die wenigstens mal für einen Nachmittag die angenehmen Seiten der Hitzewelle bei gut temperierten Getränken und Musik genießen wollen. Am Nordufer und im Bereich des Funkhauses werden zusätzliche Verkaufsstände, Bierzelte und Musikpavillons für kommende Festivitäten aufgebaut. Sorglos und vergnügt plantschen Kinder im Strandbad am Südufer mit ihren Eltern im Wasser und niemand ahnt, dass sich hier in den nächsten Tagen das vielleicht größte Verbrechen der hannoverschen Nachkriegsgeschichte anbahnen wird.

Auch in der kleinen, ungastlichen Kripowache an der Jordanstraße herrscht Leben, allerdings erheblich gedämpfter als am Strandbad. „Traurig", brummt Kriminalkommissar Sigurd Silberschnalle vor sich hin und lässt die Rollläden herunter. „Draußen knallt die Sonne und andere erquicken sich in den Freibädern. Wir aber braten hier unter dem grellen Neonlicht. Wenn wenigstens mal das Telefon ...", ärgert sich „Jack" – so nennen ihn seine Kollegen – weiter. „Da hast du den Salat", amüsiert sich der junge Kriminalmeister Hans Heister und packt den Aktenordner mit den zerfledderten Fernschreiben beiseite, als das Telefon tatsächlich schrill die Ruhe unterbricht. „Hättest du man bloß nichts gesagt – nachher bekommen wir mehr Arbeit, als uns lieb ist, und zum Schluss ist sogar noch der Feierabend im Eimer."

Jack verdreht die Augen im Kopf, als er den Hörer abnimmt und sich eine Stimme meldet: „Hier ist Dieter – ich habe doch erst vor ein paar Tagen mit Ihnen gesprochen, nicht wahr?" Kommissar Sigurd Silberschnalle erinnert sich. Natürlich erinnert er sich. Dieser Anrufer, ein kleiner und umtriebiger Zinshahn, ist bereits auf der Dienststelle als „Ufo-Dieter" bekannt und nervt ab und zu die Kollegen mit seinen imaginären Beobachtungen. „Ach ja, Ufo-Dieter, stimmt's?" „Stimmt! Und die Ufos sind wieder ganz in der Nähe!" „Ich werde mal versuchen, mit ihnen Kontakt zu bekommen", amüsiert sich Jack, nimmt den Hörer des zweiten Telefons und hält ihn gegen den anderen. Ein abscheuliches, nerventötendes Pfeifen entsteht und der Kriminalbeamte teilt Ufo-Dieter mit: „Haben Sie's gehört? Ich habe die Ufos auf meinem Radarstrahl. Es gibt dort keine Probleme." Ufo-Dieter ist happy und verspricht, sich so schnell wie möglich wieder zu melden, wenn es Neues von den Ufos gibt. „Eigentlich eine Gemeinheit", kritisiert Jacks Kollege hinterher. „Der Mann ist doch krank – und du veräppelst ihn!" Kommissar Silberschnalle will noch etwas erwidern, doch plötzlich betritt ein offensichtlich stark aufgeregter Besucher mit schnellen trippelnden Schritten, wichtiger Miene und stechendem Blick den Vorraum zur Kripowache.

Es ist Dagobert Duckmäuser, ein aufrechter Hühnerhabicht, der dem Kommissar einen Zettel mit aufgeklebten Buchstaben zeigt. Ungläubig blickt Silberschnalle auf das Papier und erstarrt

kaum merkbar, als er darauf den Spruch ‚Ihr schnappt mich
nicht' liest. Das ist eindeutig sein modus operandi, die Hand-
schrift von Wyoming-Jack. Silberschnalle streift sich wortlos
Gummihandschuhe über, steckt den von Duckmäuser über-
reichten Papierbogen in ein durchsichtiges Kunststoffcouvert
und bittet ihn dann sofort ins Vernehmungszimmer. Sollte da
sein alter Widersacher Woyming-Jack, der maskierte Höckerschwan, nach Jahren der Versenkung wieder aufgetaucht sein?
Plant er etwa neue Verbrechen? „Das war's", raunt der Kommissar im Vorbeigehen leise seinem Kollegen ins Ohr, „tritt schon
mal unseren Feierabend in den Eimer!"

Ohne äußerliche Regung beginnt Silberschnalle mit der An-
hörung des Zeugen, die ziemlich schnell vorbei ist. Er bedankt
sich bei Duckmäuser mit betont gleichgültiger Miene: „Sicher
irgend so ein Unfug des halbstarken Federviehs. Sollten lieber
Doppeldotter-Halma spielen. Na ja, wir werden trotzdem dieser
Sache gezielt nachgehen." Dann spannt er hastig einen Bogen
Papier in die antiquierte Schreibmaschine und schreibt alles in
Protokollform nieder:
  „Heute, gegen 17.00 Uhr, erschien unaufgefordert Herr Dago-
bert Duckmäuser, geb. 03.12.1961 in Habichthausen, wh. 3000
Hannover, Sperbergasse 7, und überreichte den beigefügten Zet-
tel. In ausgeschnittenen Zeitungsbuchstaben sind darauf folgende
Sätze geklebt:

Herr Duckmäuser gab an,
dass er sich gegen 16.00 Uhr
anlässlich einer Vollmassage im Strandbad Maschsee
aufgehalten habe. Zu diesem
Zeitpunkt hätte ein Schwarm
quer gestreifter Hanghühner
und diverser links gescheitel-
ter Schrumpfkopfhennen das
Strandbad aus Richtung Stadion überflogen. Er habe diesem
Schwarm zunächst keine besondere Beachtung geschenkt.

Erst als er ein hämisches Gefiederwispern vernommen habe, habe er sich den Schwarm näher angespäht. Ihm sei dabei ein Höckerschwan aufgefallen, der vermutlich eine Sonnenbrille bzw. eine schwarze Augenbinde mit Sehschlitzen trug. Auffällig sei allerdings sein hämisches Gegrinse sowie glitzernde Partikel in seinem Gefieder gewesen. Jeweils links und rechts neben dem Schwan seien zwei besonders schöne Exemplare Graue Haubenreiher geflogen, die mit ihren Schnäbeln jeder eine grüne Plastiktüte mit den Aufklebern ‚Stoppt das Wettfressen mit Weihnachtsgänsen' getragen hätten.

Direkt über Herrn Duckmäuser hätte der Höckerschwan aus seiner verborgen angebrachten Brustfedertasche einen Zettel gezogen und diesen zu Boden schweben lassen.

Wegen Duckmäusers Vollmassage sei sein eigenes Gefieder noch nicht trocken gewesen, zumal der Masseur fälschlicherweise teure ‚ungarische Bartwichse' und kein echtes Massageöl benutzt habe. Deswegen wird Herr Duckmäuser gesondert Anzeige wegen Verdacht des Betruges erstatten. Er sei deshalb auch nicht in der Lage gewesen, die Sofortverfolgung des verdächtigen Schwarms auf eigener Schwinge aufzunehmen.“

Unendlich langsam, fast widerstrebend stiefelt Silberschnalle an seinen eigenen Schreibtisch, zieht eine knarrende Schublade auf, blickt nachdenklich auf die bereits leicht angegilbte Phantomzeichnung des Wyoming-Jack und murmelt leise vor sich hin: „Du verdammter smarter Hinterhältling, einmal muss ich dich doch kriegen. Jetzt hast du eine handfeste Erpressung zum Nachteil der Landeshauptstadt Hannover hingelegt. Unvorstellbar: der Hannoveraner mit seinem Maschsee ohne Wasser. Alle Festivitäten müssten abgeblasen werden, keine Wasserspiele, kein Segeln. Null Erholung. Und das im Hochsommer und bei dieser Wetterlage! Stattdessen Stress ohne Ende.“ Und dann wird der Kommissar aktiv. Er schickt seinen Kollegen Hans Heister mit dem Erpresserschreiben auf den üblichen Weg: „Bring das mal sofort zum Erkennungsdienst rüber und lass es auf Federabdruckspuren untersuchen. Ich möchte auch wissen, mit welchem Kleber die Buchstaben aufgeklebt sind und wenn möglich, bei welchen Tageszeitungen sie Verwendung finden! Und noch eins: Das ist eine Sofortsache!“

24

Umgehend wird beim Erkennungsdienst das Erpresserschreiben auf mögliche verwertbare Spuren untersucht und das Papier mit Rußpulver sanft eingestrichen. Vorsichtig wird mit Wasserdampf ein aufgeklebter Buchstabe abgelöst und das Klebemittel bestimmt. Die Ergebnisse sind schnell da. Unten rechts wird auf dem Blatt ein dem Kommissar bereits bekannter Bürzelabruck sichtbar und: „Das Klebematerial enthält große Anteile von gepresster Eulenscheiße und die Buchstaben sind aus den drei hannoverschen Tageszeitungen HAZ, NP und BILD herausgeschnitten", teilt Heister dem Kommissar das vorläufige Untersuchungsergebnis mit. Silberschnalle hat endgültig die Gewissheit: Wyoming-Jack ist wieder da! „Unglaublich, dieser Abdruck ist so deutlich, dass man annehmen muss, Wyoming hat ihn absichtlich gesetzt. Und sonst ist auch alles wie damals. Der will mich wohl verarschen?", kommentiert der Kommissar das Untersuchungsergebnis.

Nach kurzem Überlegen greift Silberschnalle zum Telefon und wählt die Privatnummer seines Chefs Rudolf Rotbarsch, ein frisch gebackener Kriminaldirektor und Schreibtischtäter, dessen Stärke unbestreitbar die Dienstaufsicht ist. Während Silberschnalle das Freizeichen im Ohr hat, erläutert er nebenbei seinem jungen Kollegen: „Bei der Kontrolle von Dienstreiseanträgen ist er unbestritten die Nummer eins! Auch hat er den Begriff von der ‚kriminalpolizeilich adäquaten Kleidung', was immer das auch sein mag, geprägt und geht einer Kontrolle dieser Bekleidung penetrant nach." Und dann ist sein Chef am Draht: „Rotbarsch hier." „Hier spricht Silberschnalle. Herr Rotbarsch, Wyoming ist wieder aktiv geworden!" „Wie bitte? Nein, nicht doch schon wieder", haucht es dem Kommissar entgegen. Dann schildert er seinem Chef in kurzen, knappen Worten die Lage: „Wir müssen sofort aktiv werden. Das ist eine ernste Bedrohung! Stellen Sie sich die Reaktion der Öffentlichkeit und das Medienecho vor! Der Begriff von der ‚machtlosen Kripo' wird da noch recht harmlos klingen! Ich trommle alle Kollegen der früheren SoKo zusammen!" „Ja, ja, äh, nein, wegen dieser einen Sache nicht. Das muss ich erst noch einmal prüfen. Ich verstehe ja, Sie möchten wieder die SoKo ‚Wyoming-Jack' leiten. Aber, ich bitte Sie, Silberschnalle", fleht

Rotbarsch den Kommissar fast an, „nehmen Sie sich sofort dieses Falles persönlich an. Wir müssen schnellstens Erfolge vorweisen, sonst gucken die von den Medien mich wieder so an!"

Der Kommissar hat schon verstanden und wendet sich an seinen Mitarbeiter, während er die Schublade mit der Aufschrift „Soforteinsätze" aufzieht: „Hans, packen wir mal die Badehosen ein. Rotbarsch hat uns ein erfrischendes Bad dienstlich angeordnet. Unglaublich, da gibt es doch tatsächlich immer noch die grünen Hosen mit den charmanten weißen Streifen an der Seite. Die sollen wohl eine schlanke Figur vortäuschen. Ich schlage vor, wir fangen erst einmal im Strandbad an, da soll es doch ein Pumpwerk geben." Dann machen sie sich auf den Weg zum Strandbad des Maschsees, wo sie sich unter die anderen Badegäste mischen und deshalb unverfänglich ermitteln können. Schon nach einem kurzen Rundblick stellt Silberschnalle fest: „Sieh mal da drüben, grobe Richtung Pumpwerk an der Leine. Eine Ansammlung von Dreizehenrallen. Das sind doch Sympathisanten von Wyoming. Interessant!" Im Gelärme der anderen Badegäste schwimmen sie näher an das Pumpwerk heran. Dann verlassen sie das Wasser und mischen sich unter die Sonnenanbeter. „Wir warten hier den Sonnenuntergang ab und peilen dort im Wasser weiter", erklärt der erfahrene Kommissar seinem jungen Kollegen, „die Rallen sind keine nachtaktiven Vögel. Dann werden wir ungestört weitersuchen können."

In der Zwischenzeit schlendern sie, wie andere Badegäste auch, im Ufersand entlang. Allerdings haben sie keinen Blick für die angenehmen Augenblicke, die so ein Hochsommer im Strandbad bietet; nein, ihre Augen spähen nach anderen Sachen: nach Ausscheidungen der Klaffmuscheln. Der Kommissar klärt seinen jungen Kollegen auf: „Aus der Arbeit der SoKo wissen wir, dass der maskierte Höckerschwan stets in den USA, in Sun Valley, überwintert. Und das liegt in Wyoming. Daher hat er auch seinen Namen: Wyoming-Jack. Im Frühjahr kommt er stets über den ‚Großen Teich' nach Niedersachsen geflogen, schlägt hier in Hannover an unbekannter Stelle sein Quartier auf und begeht seine Gaunereien. Mittlerweile hat er sich eine Gruppe

von Sympathisanten geschaffen. Dazu gehören neben den Dreizehenrallen auch die von Duckmäuser beobachteten Hanghühner
und Schrumpfkopfhennen. Die Klaffmuscheln im Maschsee werden als sogenannte ‚tote Briefkästen' benutzt, in denen sie ihre
Nachrichten hinterlegen und austauschen. Man kann deshalb
auch bei einer bestimmten Form von Ausscheidungen dieser
Muscheln erkennen, ob kürzlich bei ihnen etwas hinterlegt worden ist. Das würde uns einen weiteren Hinweis geben, ob wir hier
auf einer heißen Spur sind." Dann schüttelt der Kommissar den
Kopf: „Nein, scheint hier nicht der Fall zu sein. Aber noch habe
ich die Hoffnung nicht aufgegeben. Denke an die Ansammlung
der Dreizehenrallen von vorhin."

Und kurz nach Einbruch der Dämmerung werden sie tatsächlich, wie von Silberschnalle vermutet, fündig. Nach kurzer Suche
stoßen sie in etwa 80 Zentimeter Wassertiefe auf einen gut abge-
sicherten Stöpsel. „Das ist die Lösung", entfährt es ihm, „hier ist
der Notablauf und das Pumpwerk ist nur zum Befüllen des Sees!"
Und schon steht sein weiterer Plan fest, den er umgehend wie
bei einer „Nacht- und Nebelaktion" in die Tat umsetzt. Er lässt
in der Tischlerei der Bereitschaftspolizei hundert bauartgleiche
Scheinstöpsel fertigen, die im Umfeld des echten Stöpsels fest
installiert werden. Nachdem der Originalstöpsel mit der Wasser-
pest, der sich rapide vermehrenden Wasserpflanze, gut getarnt
wurde, ist der Kommissar mit sich und der Welt zufrieden. Nach
einem tiefen Zug aus seiner Pall Mall (ohne Filter) sagt er zu
Hans Heister: „Anschlag vereitelt. Jetzt weiß Wyoming nicht,
welchen Stöpsel er ziehen soll. Komm mit, ich habe da noch
zwei kühle Hefeweizen!"

Das Leben in Hannover und insbesondere am Strandbad geht
weiter seinen normalen Gang. Niemand hat die Dramatik dieses
Geschehens mitbekommen und wirklich keiner wird erahnen,
welche Untaten Wyoming-Jack noch plant. Auch Kommissar
Silberschnalle nicht.

Detlef Ehrike

Der Verfasser dieses Kriminalromans ist zur Zeit 57 Jahre alt, verheiratet und hat vier Kinder. Seinen Wohnsitz hat der gebürtige Lüneburger in einer kleinen Ortschaft am südlichen Stadtrand von Hannover. Eigentlich wollte er wieder in seine Heimatstadt zurück, hat aber seit Jahrzehnten schon absolut keine Einwände mehr, in Hannover angedockt zu haben. Einen Teil seiner Freizeit verbringt er gerne in Wald und Flur mit seinem Mischlingshund „Flora" bei ausgiebigen Erkundungsgängen. Neuerdings ist er auch leidenschaftlicher Vespa-Fahrer.

Nach seiner Schulausbildung „buchte" er als 18-jähriger die Polizeilaufbahn, der er bis heute treu geblieben ist. Nach der üblichen Ausbildung bei der Schutzpolizei (spricht für Uniform) und ersten dienstlichen „Gehversuchen" u. a. im Rotlichtmilieu von Hannover wechselte er im zarten Männeralter von 27 Jahren zur Kriminalpolizei. Einen Großteil seiner dienstlichen Tätigkeit verbrachte er hier im Kriminaldauerdienst, der sogenannten „Feuerwehr" der Kripo. Er lernte dabei die gesamte Bandbreite der kriminalpolizeilichen Ermittlungen, vom Einbruchdiebstahl über Raubsachen, Großbrände, Sittengeschichten bis hin zu Mordermittlungen kennen.

Aus dieser Zeit stammen auch die Ideen für „seine" Kriminalfälle, die er bereits zu einem ersten Kriminalroman im Eigenverlag verarbeitet hat. Dabei liegt sein Augenmerk neben der Authentizität der Geschichte auf dem menschlichen Miteinander der Ermittler.

Die letzten Jahre „diente" er dem Land Niedersachsen als Pressesprecher des Landeskriminalamtes Niedersachsen. Auch eine spannende Tätigkeit, nur ganz anders.

Seine Urlaube verbringt er am liebsten mit der Familie auf Campingplätzen in Deutschland, Dänemark, Italien und England. Wichtig dabei: Die See muss immer in der Nähe sein. Gerne wird in Lebensläufen auch das Hobby angegeben. Dem möchte er sich auch nicht verschließen: der Sport. So stand er einmal, allerdings sehr kurzfristig, in der deutschen Polizeiauswahl für Fußballspiele.

Von Monstern und anderen Tieren
Silke Gehrkens

Sind das meine Hände? Schlanke, lange Finger, keine Falten. Klebrig sind sie, diese Hände.

Am Morgen des 4. August 2000 wurde in der Nähe des Bischofsholer Damms in der Eilenriede die Leiche einer jungen Frau gefunden. Die Identität der Frau konnte bisher nicht festgestellt werden.

So etwa lasen es die Hannoveraner in der Zeitung. In dem Artikel stand nichts von dem jungen Mann, der sie gefunden hatte und der sich an Ort und Stelle zweimal übergeben musste. Es stand auch nicht in der Zeitung, dass der jungen Frau, die da im Wald lag, die Augen ausgestochen und die Ohren abgeschnitten worden waren.

Der Tatort wurde mit rot-weißem Plastikband abgesperrt und die Männer und Frauen der Spurensicherung konnten mit der Arbeit beginnen. Die weißen Overalls waren noch am Abend am Leichenfundort zu sehen, die Stelle von Scheinwerfern beleuchtet, die den Wald in ein gespenstisches Neonlicht tauchten.

Ein schönes Messer. Früher hat es so schön geglänzt in der Sonne. Es ist immer noch sehr scharf. Man muss aufpassen, dass man sich nicht schneidet. Ich werde es eingraben, ganz tief, niemand wird es finden. Die Erde bedeckt das Messer und bleibt unter meinen Fingernägeln hängen. Die Erde an meinen Händen riecht schon nach Herbst, nach Regen und ein bisschen nach Moder. Ich muss meine Hände waschen. Der Fluss ist so kalt und das Wasser brennt auf meiner Haut. Wie kleine Nadelstiche fühlt sich das an und meine Hände werden ganz rot.

Die erste Dienstbesprechung der Sonderkommission „Eilenriede" war für den späten Nachmittag angesetzt.

Sie waren nur zu dritt, das Landeskriminalamt arbeitete Anfang August noch immer etwas unterbesetzt, schließlich waren Sommerferien, aber es würde auch so gehen. Sie hatten noch nicht viel, warteten noch auf den Obduktionsbericht. Immerhin war inzwischen die Identität der Frau festgestellt worden. Die Spurensicherung hatte wenige Meter entfernt ihre Handtasche sichergestellt. Die Geldbörse aus schwarzem Leder war noch da, auch die goldenen Ringe und die Uhr waren nicht gestohlen worden. Von dem Foto ihres Personalausweises blickte ihnen eine Frau mit dunklem Haar und großen Augen entgegen. Miriam Gessler, 34 Jahre alt, wohnhaft in der Geibelstraße 7. Sie lächelte auf dem Foto, aber die Lippen entblößten keine Zähne, und die Augen lächelten nicht.

Schnell wurde festgestellt, dass die Frau verheiratet gewesen war, den Ehemann hatte man jedoch bisher nicht zu Hause angetroffen. Der junge Polizeibeamte mit den blonden Haaren und den Sommersprossen war erleichtert gewesen. Jetzt hatte er Dienstschluss und jemand anders würde die Nachricht überbringen.

Der Leiter der Ermittlungsgruppe stellte die Fakten zusammen, viel wussten sie ja noch nicht, Zeugen gab es keine: Kein Jogger, kein Hundebesitzer, kein Fahrradfahrer oder Reiter hatte etwas Verdächtiges beobachtet, jemanden weglaufen sehen oder Schreie gehört. Und die Frau musste geschrien haben.

Endlich kam der Obduktionsbericht. Die Leiche von Miriam Gessler hatte nur wenige Stunden im Wald gelegen. Todeszeitpunkt war zwischen 21 und 22 Uhr am Abend, schwere Stichverletzungen vor allem im Brustbereich. Mit viel Kraft oder viel Wut waren die Bewegungen ausgeführt worden. Tatwaffe war mit Sicherheit ein spitzer, scharfer Gegenstand, wahrscheinlich ein Messer. Die Stichkanäle waren zwischen 15 und 20 Zentimeter tief. Ein Stich ging mitten durchs Herz und war tödlich gewesen. Das Opfer hatte sich gegen den Angreifer heftig zur Wehr gesetzt und sich gegen das Messer zu schützen versucht, davon zeugten die aufgeschnittenen Handflächen. Die Verletzungen an Augen und Ohren waren bekannt. Es lag kein Sexualdelikt vor.

Sie teilten die Aufgaben unter sich auf, der junge Matthias Paulsen, der gerade vor zwei Monaten von Peine nach Hannover gekommen war, sollte sich um Ehemann, Bekanntenkreis und Nachbarn kümmern, Elisabeth Kronberg, die vor kurzem ihr 25-jähriges Dienstjubiläum gefeiert hatte und noch immer so steif wirkte wie an ihrem ersten Tag, übernahm den Tatort. Der Leiter der SoKo, Manfred Bertram, fuhr zusammen mit zwei Beamten aus dem Streifendienst in die Wohnung der Ermordeten. Der Hausdurchsuchungsbefehl war beantragt und genehmigt worden. Die nächste Dienstbesprechung wurde für den folgenden Vormittag angesetzt. Sie trennten sich.

Ich habe Hunger. Zu Hause ist noch Gulasch im Kühlschrank. Die Reste von gestern, müssten nur noch Bratkartoffeln dazu, aber das muss noch warten. Ich kann jetzt nicht nach Hause. Vielleicht hat man sie schon gefunden. Dann werden sie zu uns fahren und da warten. Da können sie lange warten, ich gehe nicht nach Hause. Ich gehe nie wieder nach Hause.

Paulsen kam zu spät zur Dienstbesprechung, alle waren unausgeschlafen und hielten sich an ihren Kaffeetassen fest. Bertram eröffnete die Sitzung und begann mit den Ergebnissen seiner Untersuchung. Es hatte sich herausgestellt, dass Miriam Gessler die Mutter eines zwölfjährigen Mädchens war. Sie suchten jetzt also nicht nur nach dem Ehemann, sondern auch nach dem Kind. Paulsen sprach aus, was die anderen dachten, dass das Kind vielleicht auch schon nicht mehr am Leben war. Wenn es sich um einen Amoklauf handeln sollte, würden sie möglicherweise bald noch eine Leiche finden. Die Fahndung wurde sofort bundesweit eingeleitet.

Bertram berichtete weiter, dass die Wohnung der Gesslers sehr sauber und ordentlich war, nichts Auffälliges, nichts, was hätte weiterhelfen können. Die Sparbücher und Konten waren eingesehen worden, nichts deutete auf Schulden und damit auf ein mögliches Motiv für einen Amoklauf. Bertram schloss, er habe den Eindruck, es handele sich um eine gutbürgerliche

Durchschnittsfamilie. Nachdem Bertram sich gesetzt hatte, räusperte sich Paulsen merklich und sagte, dass der erste Eindruck manchmal trüge. Er setzte dabei seinen leicht arroganten Gesichtsausdruck auf, den Bertram schon jetzt hasste, und begann mit seinen Ausführungen: Die Nachbarn beschrieben das Ehepaar als sehr ruhig und zurückgezogen, den Mann aber einhellig als unsympathisch und cholerisch, die Frau dagegen als höflich und angenehm und das Kind als sehr still und zurückhaltend. Besuche von Bekannten oder Freunden schien es nicht gegeben zu haben, die Gesslers suchten, laut Nachbarn, auch keinen Kontakt zu anderen Menschen. Eine Nachbarin wusste immerhin zu berichten, dass die Familie regelmäßig sonntags in die Pauluskirche ginge. Miriam Gessler war nicht berufstätig gewesen und der Mann war in der Apotheke an der Ecke als Pharmazeut beschäftigt, hatte zur Zeit aber zwei Wochen Urlaub. Von einer Ferienreise wusste jedoch niemand der Nachbarn etwas zu berichten. Paulsen hatte auch in der Apotheke nachgefragt, aber von einem geplanten Urlaub wusste auch dort niemand. Bertram ergänzte, dass auch in der Wohnung nichts auf eine Reise hingedeutet hätte.

Ob sie sie schon gefunden haben? In ihrem Bett aus Laub? Ich will auch schlafen, ganz lange schlafen. Ich decke mich zu, so gut es geht. So, wie ich sie zugedeckt habe.

Elisabeth Kronberg hatte sich nicht nur um den Tatort gekümmert, sondern auch bereits festgestellt, dass der PKW der Familie Gessler nicht im Umkreis der Wohnung zu finden war. Die Ermittlung konzentrierte sich nun in erster Linie auf den Wagen, von dem man sich neue Hinweise erhoffte. Über den Fundort der Leiche gab es nur wenige neue Erkenntnisse. Mit absoluter Sicherheit war der Fundort der Leiche auch der Tatort. In unmittelbarer Nähe des Tatorts waren Reifenspuren gefunden worden. Ob sie von dem Wagen der Gesslers stammten, würde erst festgestellt werden können, wenn dieser endlich auftauchte. Fußspuren und Kleiderpartikel konnten aufgrund der schlechten Wetterverhältnisse in der Tatnacht nicht gesichert werden. Die Spurensicherung hatte außerdem angegeben, die Frau sei mit den Blättern und Zweigen nicht verdeckt, wie ursprünglich angenommen, sondern eher zugedeckt worden. An dieser Stelle hakte Paulsen nach, was das denn heißen solle, aber Elisabeth Kronberg konnte es nicht besser erklären. „Es ist weniger wie ein Grab als vielmehr wie ein Bett", hatte der Beamte von der Spurensicherung gesagt. So wörtlich gab es Elisabeth Kronberg wieder und Paulsen zuckte die Schultern.

Die SoKo konzentrierte sich in den folgenden Tagen auf den Blick hinter die Kulisse der Familie und auf die Suche nach dem PKW. Immer mehr kristallisierte sich heraus, dass Gesslers nur nach außen eine Familienidylle aufrechterhalten hatten. Die Tochter war in den letzten zwei Jahren immer wieder mit verschiedensten Verletzungen im Krankenhaus gewesen. Eine Anzeige war jedoch nie erstattet worden. Auf Hinweis eines jungen Arztes im Kinderkrankenhaus auf der Bult begann sich bald das Jugendamt für die Familie zu interessieren. Das war drei Wochen vor dem Auffinden der Leiche. Der Kontakt mit der zuständigen Mitarbeiterin wurde schnell hergestellt, brachte jedoch keine weiteren Erkenntnisse. Die Familie hatte bei dem Besuch der Sozialarbeiterin einen guten Eindruck gemacht und der Gesprächstermin mit der Tochter war ergebnislos verlaufen.

Inzwischen war die Fahndung nach Vater und Tochter auch international ausgeschrieben. Es gingen einige anonyme Anrufe ein, brauchbare Hinweise auf den Verbleib der beiden gesuchten Personen waren jedoch nicht dabei.

Die Ermittlungstruppe schien in einer Sackgasse zu stecken. Am Mittwoch folgte dann der erlösende Anruf: Das Auto war gefunden worden. Der blaue Golf stand auf einem großen Parkplatz am Klagesmarkt und war einer Polizistin aufgefallen, weil bereits fünf Knöllchen am Scheibenwischer befestigt worden waren.

Die Spurensicherung stellte durch einen Vergleich der gefundenen Reifenspuren mit denen des blauen Golfs schnell fest, dass es sich tatsächlich um den Wagen handelte, in der das Opfer an dem besagten Tag zur Eilenriede gefahren worden war. Es bestand auch die Möglichkeit, dass Miriam Gessler selbst am Steuer gesessen hatte. Der Experte von der Spurensicherung war sich in diesem Punkt nicht sicher. Der Wagen war nicht aufgebrochen worden, auch das Zündschloss wies keine Beschädigung auf, der Fahrer musste also einen Schlüssel gehabt haben. Drei verschiedene Fingerabdrücke wurden gefunden, ebenso Haare von drei verschiedenen Personen. Ein Paar Fingerabdrücke und Haare konnten dem Opfer zugeordnet werden. Die anderen beiden gehörten aller Wahrscheinlichkeit nach Vater und Tochter.

Ich kann nicht schlafen. Ich habe Schreckliches getan. Ich bin schlecht, schlecht, schlecht. Mir ist so kalt, es wird langsam dunkel und die Sonne wärmt mich nicht mehr. Ich kann nicht lange hier bleiben, man wird mich entdecken und dann ... Sie werden mich einsperren. Mit dem Finger auf mich zeigen und sich die Mäuler über mich zerreißen. Ich kann ihnen nicht entkommen, irgendwann werden sie mich finden, aber ich gehe nicht ins Gefängnis.

Die Indizien verdichteten sich immer mehr gegen den Ehemann. Elisabeth Kronberg hatte Einsicht in sein Strafregister genommen und festgestellt, dass er bereits wegen Körperverletzung, Trunkenheit am Steuer und sexueller Nötigung vorbestraft war. Noch einmal wurde die Wohnung auf Anhaltspunkte für ein mögliches Versteck durchsucht. Sie fanden nichts. Gesucht wurde auch immer noch nach der Tatwaffe. Polizeihunde und Hundertschaften wurden eingesetzt, aber die Tatwaffe blieb unauffindbar. Die SoKo, inzwischen um zwei Beamte verstärkt, trat auf der Stelle. Die Leiche der jungen Frau wurde schließlich freigegeben und beerdigt. Da keine weiteren Angehörigen oder Freunde festgestellt worden waren, ließ man den Sarg sehr schnell hinab. Das Wetter war ungemütlich, feucht und viel zu kalt für August. Die Totengräber hatten es eilig, wieder ins Trockene zu kommen. Der Pfarrer sprach ein Gebet, und die Erde prasselte mit dem Regen auf das billige Holz.

Das Wutmonster in mir ist jetzt ganz still. Es ist satt und schläft. Fast kann ich es seufzen hören. Es wird nicht mehr in mir toben. Nie mehr. Ich kann es zurücklassen und zulassen, dass es stirbt.

Zwei Tage nach der Beerdigung erhielt Bertram einen Anruf. Man hatte im Deister ein junges Mädchen ohne Papiere aufgelesen, auf das die Beschreibung des gesuchten Kindes passte. Sie werde jetzt noch medizinisch versorgt, der Arzt habe bisher leichte Unterkühlung und einen Schock diagnostiziert. Nein, ein Mann sei nicht dabei gewesen.

Die Ermittlungsgruppe schöpfte neue Hoffnung. Und tatsächlich: Es war das gesuchte Kind. Das Mädchen wurde zunächst in das Kinderkrankenhaus auf der Bult eingeliefert. Erst am nächsten Morgen durfte Paulsen das Mädchen besuchen. Sie lag ganz still in ihrem Bett und es sah so aus, als ob sie schliefe. Paulsen hatte Mitleid. Er sah auf seine Hände und dann wieder in das schlafende Gesicht. Er erschrak, denn das Mädchen sah ihn durchdringend an.

Er musste innerlich schmunzeln, wie schreckhaft er doch geworden war. Er begann behutsam das Mädchen zu befragen. Er bemühte sich sehr, aber sie sagte kein Wort, sondern sah ihn nur an ohne sich zu rühren. Kein Muskel in ihrem Gesicht bewegte sich.

Als er nach einer Stunde ging, hatte er nichts erreicht. Bei keiner seiner Fragen war auch nur die kleinste Gemütsregung erkennbar gewesen. Der Arzt erklärte das mit einem posttraumatischen Schock und bat um Geduld.

Drei Wochen später wurde das Mädchen aus dem Krankenhaus entlassen und in ein Kinderheim verlegt. Die Nachricht über den Tod der Mutter hatte eine Sozialarbeiterin vom Jugendamt dem Mädchen überbracht. Auch bei dieser Nachricht hatte das Mädchen nicht geweint, ihre Lippen hatten nicht einmal gezittert.

Wenn das Mädchen es nicht sah, steckten die Betreuerinnen im Heim die Köpfe zusammen und malten sich aus, was dem Mädchen wohl Schreckliches widerfahren war. Was war so furchtbar gewesen, dass es sie hatte verstummen lassen? Was hatte sie mit ansehen müssen? Es dauerte drei Monate, bis das Mädchen die Sprache wiederfand. Niemand aber fragte sie nach dem, was ihr widerfahren war und sie hatte nicht den Wunsch darüber zu sprechen.

Nach einem halben Jahr wurde die SoKo „Eilenriede" aufgelöst. Andere Verbrechen drängten den Fall in den Hintergrund. Die Fahndung nach dem Ehemann lief darüber hinaus aber weiter. Sie blieb jedoch ohne Erfolg. Der Mann war wie vom Erdboden verschluckt.

Damit blieb der Fall ungelöst, aber Elisabeth Kronberg nahm jedes Jahr im August die Akte wieder aus dem Schrank und fragte sich, was sie damals übersehen hatten.

Sie würden ihn nie finden. Er war nicht geflohen. Er lag in einem tiefen, dunklen Grab in den weichen Hügeln des Deisters. Niemand weinte um den Mann in diesem Loch in der Erde. Bereits als Sechzehnjähriger hatte er ein kleines Mädchen vergewaltigt. Drei Jahre später hatte er seine Frau kennengelernt. Sie hatte ihn sehr geliebt und ihm die Schläge immer wieder verziehen, wenn er versprach, es nie wieder zu tun. Die Blicke ihrer Hilfe suchenden Tochter hatte sie genauso übersehen, wie sie ihre unterdrückten Schreie überhört hatte.

Ihn hatte sie nicht zugedeckt, aber er lag nicht allein in seinem Grab, das Wutmonster war mit ihm begraben worden.

Im nächsten Sommer darf ich auf das Gymnasium gehen. Sie sagen, ich sei überdurchschnittlich intelligent. Ich werde Klavier spielen lernen. Ich habe so schöne schlanke, lange Finger.

Silke Gehrkens

Silke Gehrkens, 1975 in Hannover geboren und in der Südstadt aufgewachsen. 1994 Abitur an der Tellkampfschule Hannover. Studium an der Universität Hannover, zunächst Geschichte und Philosophie, 1996 Wechsel zu Germanistik. Im Dezember 2000 Abschluss mit dem ersten Staatsexamen in den Fächern Deutsch und Geschichte für Höheres Lehramt. Das zweijährige Referendariat wurde an einem Gymnasium im Kreis Hildesheim absolviert, im Anschluss daran erfolgte die Einstellung an einem Gymnasium in der Region Hannover. Seit 1999 freie Mitarbeiterin beim Norddeutschen Rundfunk.

Der Auftrag
Georg M. Peters

Linda war glücklich verheiratet, liebte ihren Mann und hatte
zwei Kinder. Doch im letzten März hatte sie erstmals das Gefühl,
dass mit ihrer und Manfreds Sexualität etwas nicht stimme.
Vielleicht stimmte schon lange etwas nicht, vielleicht schon seit
der Geburt ihres zweiten Kindes, einer Tochter. Doch sie hatte
diesen Gedanken stets verdrängt, und erst jetzt, im März, hatte
sie den Mut gehabt, der Realität ins Auge zu schauen, sich diesen
Gedanken einzugestehen und ihn auch auszusprechen. Zu ihrer
großen Erleichterung war Manfred nicht böse, sondern stimmte
ihr zu. Beide waren erleichtert, dass sie über diesen Punkt reden
konnten. Die Kinder waren zu Bett gebracht – nach den üblichen
Zeremonien –, im Kamin brannte ein Feuer, doch der Abend
war so mild, dass sie sich auf die Terrasse setzen konnten, um
gemeinsam ein Glas Wein zu trinken. Sie genoss die Ruhe des
Abends und das Bewusstsein der Geborgenheit in ihrem gemeinsamen Besitz, in Garten, Haus, Familie und dem gemeinsamen
Freundeskreis. Sie freute sich auch am Anblick ihres Mannes,
seiner schlanken und doch kräftigen Gestalt und an dem Bewusstsein, dass sie beide ein hübsches Paar bildeten.

Wenn sie eine Bestätigung ihrer eigenen eleganten Erscheinung haben wollte, brauchte sie nur ihre Zwillingsschwester
Anne zu betrachten, die mit ihrem Mann in der Nachbarschaft
wohnte und die ihr zum Verwechseln ähnelte. Die beiden Schwestern genossen es, nebeneinander herzugehen und kleideten sich
auch ganz bewusst gleich – einfach deshalb, weil sie dann keinen
Spiegel brauchten, sondern in der jeweils anderen ein naturge-
treues Abbild ihrer eigenen wohlgefälligen Gestalt hatten. Diese
Ähnlichkeit zweier Schwestern hatte allerdings keinen Einfluss

auf die Entwicklung dieses Falles. Ein Außenstehender kann Zwillinge ja recht einfach unterscheiden, auch wenn sie einander noch so ähnlich sind, zum Beispiel dadurch, dass er sie nach ihrem Namen fragt. Doch das war jetzt nicht das Thema. Linda und Manfred wussten, dass sie das Thema ihrer Sexualität besprechen wollten. Linda hatte aber keine Ahnung, wie das Gespräch verlaufen würde. Sie wusste auch nicht, ob und wie sie etwa Kritik oder Wünsche äußern sollte, oder ob Manfred das tun würde.

Dies war das Bild, das ich mir von Linda Langhof und ihrer Familie anhand der Akten machte. Es war der Tag, an dem die Tragödie von Linda L. und damit der Zeitrahmen eines meiner seltsamsten Fälle begann. Ich war damals auf dem Wege von London nach Wien. Meine psychotherapeutische Praxis im Zentrum Londons hatte ich für zwei Wochen geschlossen, nicht ohne Hinweise an der Tür anzubringen, die meine Vertreter benannten. Mein Freund Gerhard Schultz in Hannover, Kriminalhauptkommissar, hatte von meiner Reiseabsicht gehört und mich gebeten, ihn und seine Familie für einen oder mehrere Tage in Hannover zu besuchen. Das tat ich umso lieber, als er mir am Telefon sagte, er habe einen ungelösten Fall vorliegen, zu dem er gerne mein Urteil hören würde.

So trafen wir uns am Sonnabend im hannoverschen Hauptbahnhof, der mich durch seine Glasarchitektur sofort für die Stadt einnahm. In Gerhards Gedächtnis überschnitten sich immer noch die neuen und die alten Aspekte der Stadt und nährten seine Kritik an der Stadtplanung. Während wir in nord-südlicher Richtung den Bahnhof durchquerten, als sei das eine Selbstverständlichkeit, erzählte er mir vom alten Hannover, das durch die Eisenbahnstrecke in einen nördlichen und einen südlichen Teil zerschnitten wurde. Während wir vom Raschplatz im Norden zum Ernst-August-Platz im Süden durch den modernen Bahnhof schlenderten, erzählte er mir davon, dass diese Verbindung früher durch Bahnhofssperren unterbrochen war. Diese Abschnürung bewirkte, dass sich im Süden um den Ernst-August-Platz ein urbanes Zentrum entwickelte, während sich im Norden um den Raschplatz herum mit seinen verfallenden Kaschemmen eine Art

Rotlichtmilieu erhielt – was allerdings nicht hieß, dass er sich dort in den Kaschemmen, etwa dem „Café am Raschplatz" und der alten Rossbratwurstbude, in der man Pferdebratwürste für 20 Pfennig das Stück kaufen und verzehren konnte, nicht sehr wohl gefühlt hätte.

Gerhard hatte schon viele Jahre, bevor es tatsächlich geschah, den Gedanken gehabt, man müsse beide Stadtteile miteinander verbinden und die Verbindung könne nur durch den Bahnhof hindurch erfolgen. Er hatte diesen Gedanken auch einem befreundeten Ehepaar, beide waren Architekten, gegenüber geäußert, war jedoch auf Unverständnis gestoßen: „Was, die Sperren einfach abschaffen? Dann kann ja jeder umsonst mit der Bahn fahren." „Man muss einfach eine genügend große Anzahl von Kontrollen im Zug durchführen." Das wurde für undurchführbar gehalten.

Manfred schaute Linda an und lächelte. „Du siehst aus, als ob du irgend einen finsteren Plan aushecken würdest. Sag doch, woran du denkst." „Ich denke, wir wollen über unsere Sexualität sprechen. Dabei fällt mir ein, was Anne mir erzählt hat. Sie ist mit Gernot in einen Swingerclub gegangen. Sie behauptet, ihre sexuellen Probleme hätten sich dadurch gelöst." „Das wäre die praktische Lösung. Dann brauchen wir gar nicht weiterzureden, sondern gehen einfach dorthin." „Ja, wenn du willst." Schließlich einigten sie sich darauf, dass sie Anne und ihren Mann demnächst in diesen Club begleiten wollten und taten das auch.

Die erwähnte Veranstaltung fand statt am letzten Freitag des März. Ob sich die Probleme der beiden Ehepartner damit gelöst hatten, war den Akten nicht zu entnehmen. Ich saß während des Studiums dieser Akten im Foyer des Luisenhofs, eines sehr angenehmen Hotels, das mir Gerhard empfohlen und in dem er für mich gebucht hatte. Er hatte mir angeboten, bei sich in Lohnde zu wohnen. Doch da ich noch einige andere Vorhaben in der Stadt hatte, zog ich das Hotel vor, um unabhängig zu sein.

Wir hatten uns für den nächsten Nachmittag hier im Hotel verabredet, und jetzt rückte dieser Termin näher. Die verbleibende Zeit versuchte ich zu nutzen, indem ich mir ein möglichst anschauliches Bild der letzten Lebenswochen von

Linda L. machte. Nach der erwähnten quasi-therapeutischen Veranstaltung hatte sich das Eheklima eher verschlechtert als verbessert. Manfred ging häufiger eigene Wege. „Ich fahre ein wenig durch die Gegend", hieß es dann. Sein Wunsch, den Swingerclub wieder gemeinsam aufzusuchen, wurde von Linda brüsk zurückgewiesen.

Ganz zu Ende ging es mit der ehelichen Harmonie, als Linda von Anne erfuhr, dass Manfred den Swingerclub neuerdings alleine besuchte. Anne hatte das von ihrem Mann erfahren und Manfred einmal selbst gesehen, als er, mit Unterhose und Socken bekleidet, neben einer üppigen Blondine an der Bar stand und sich unterhielt.

Linda hatte Angst um den Bestand ihrer Ehe. Sie stellte Manfred zur Rede; doch der sagte nur: „Du willst ja nicht mitgehen. Lass mir doch mein Vergnügen." Oder: „Ich verstehe deinen Ärger nicht. Du warst es doch, die den Vorschlag machte, diesen Club aufzusuchen." Die Krise zog sich nun schon bis in den Mai hin.

Die beiden Schwestern Linda und Anne bildeten eine Art verschworene Gemeinschaft, und seit ihrer Kindheit gab es nichts, was die eine vor der anderen geheim hielt. So berichtete Anne Linda alles, was sie von ihrem Mann erfuhr, der den Club ebenfalls gelegentlich allein besuchte. Und Linda teilte Anne alles mit, was ihr durch den Kopf ging, wenn sie diese Nachrichten hörte.

Das waren Mordgedanken. Die äußerte Linda nämlich, als sie erfuhr, dass Manfred im Club nach einer ganz bestimmten Frau suche, einer Frau, wie Anne zu berichten wusste, mit der er bei seinem ersten Besuch im Club sexuell verkehrt habe. Dieses sexuelle Erlebnis sei für ihn ganz ungewöhnlich und unvergesslich gewesen. Anne versuchte abzuwiegeln: Manfred sei der Meinung, dieses Erlebnis habe mit Liebe, also mit der Liebe zu seiner Frau Linda, nichts zu tun. Es handele sich nur um eine rein körperliche Angelegenheit. Als Untreue betrachte er das nicht. Anne erkannte aber bald, dass Linda das ganz anders sah.

Denn Linda war verzweifelt. Sie sah in dieser unbekannten Frau, nach der ihr Mann nun schon wochenlang fahndete, eine Bedrohung ihrer Ehe, und die wolle sie nicht hinnehmen. Diese Frau sollte sterben. Anne war geneigt, es als einen Witz zu betrachten, als Linda erwog, einen Killer zu engagieren. Aber als

Linda zu überlegen begann, ob man als Frau in die Columbuskneipe am Steintor, ein absolut zwielichtiges Lokal, gehen könne oder ob es besser sei, sich dabei als Mann zu verkleiden, da versuchte sie, Linda von solchen Phantasien abzubringen.

Da jedoch Annes Informationen an dieser Stelle aufhören und man andererseits aus der Einsicht in Lindas Bankkonto erfährt, dass sie im Juni eine Summe von zwanzigtausend Euro abgehoben hat, von der in ihrer Hinterlassenschaft nichts gefunden wurde, so gibt es eigentlich nur eine einzige Folgerung: Linda hat ihren Plan wahr gemacht, hat einen Killer engagiert und dem die zwanzigtausend Euro ausgehändigt.

Endlich erschien Gerhard in der Rezeption. Er blickte sich um, sah mich und grinste. „Hallo, old boy", übte er sein Englisch. Da ich jedoch besser deutsch spreche als er englisch, unterhielten wir uns meistens auf deutsch. Ich war nach dem Krieg längere Zeit in Deutschland stationiert gewesen. Von daher kannte ich auch das Nachkriegs-Hannover ein wenig und unser Gespräch, obwohl ich auf weitere Informationen aus dem Fall Linda L. brannte, drehte sich zunächst um unsere Erinnerungen an das alte Hannover.

Er spürte einen Zorn auf den Oberbürgermeister Schmalstieg, der durch seine jahrzehntelange Amtszeit, so sah Gerhard das, den Abstieg einer urbanen Innenstadt und deren Degeneration zu einer Art Gewerbegebiet, wie er das nannte, mitzuverantworten habe. Wir sprachen nicht über die wenigen Restaurants und Cafés, die es heute noch gibt, sondern über die vielen, die es damals zusätzlich gab und die dafür sorgten, dass man auf dem Weg vom Luisenhof zum Bahnhof, die Bahnhofstraße entlang zum Kröpcke – ich hatte den Namen dieses Platzes vergessen und wusste nur noch, dass der Name ein ganz schreckliches Wort war – und weiter die Georgstraße entlang zum Steintor an etwa zwanzig Stationen Halt machen konnte, nachmittags oder abends, und eintauchen konnte in eine behagliche Caféhaus-Atmosphäre. Eine solche verliere immer dann ihre Behaglichkeit, sagte er, wenn mehr als die Hälfte der Plätze besetzt ist. Und das sei heute stets der Fall.

Damals war dieses Stadtzentrum von Urbanität geprägt, sowohl am Tage als auch nachts. Bei der Erwähnung von Urbanität rief Gerhard mir deren Definition ins Gedächtnis, die er einmal von einem berühmten Stadtplaner gehört hatte. Eine Straße, ein Platz hat urbanen Charakter, wenn nicht mehr als 25 Prozent, aber auch nicht weniger als 15 Prozent der Passanten Fremde, der Rest Ortsansässige, also Anwohner, dort Beschäftigte oder Dienstleistende sind. Dieses Zentrum Hannovers hat sich inzwischen zu einem der meist frequentierten Einkaufsviertel Deutschlands mit den höchsten Bodenpreisen und Mieten entwickelt. Demgemäß ist der Anteil der Fremden während der Geschäftszeit auf etwa 90 Prozent gestiegen, und abends ist die Gegend tot. Von Urbanität keine Spur mehr.

Damals während seiner Ausbildungszeit hielt Gerhard sich ständig in dieser Umgebung auf. Dort, wo heute der Kaufhof steht, war damals das Wiener Café und direkt daneben das Regina-Hotel mit seinem Hotelrestaurant im ersten Stock. Dort herrschte eine herrlich ruhige Atmosphäre. Er und seine Freundin kamen manchmal recht verdreckt von ihren ländlichen Ausflügen in das Restaurant, reinigten sich dann in der komfortablen Toilette und sahen gelegentlich zusammen mit den Besitzern und den Hotelgästen fern, etwa bei dem sensationellen ersten Apolloflug zum Mond.

Gegenüber, im Hotelrestaurant des Zentralhotels, machte er oft gemeinsam mit einem Freund Prüfungsvorbereitungen. Die freundliche Bedienung sammelte für sie beide die Reste vom Frühstück der Hotelgäste und servierte ihnen ein komplettes Frühstück zum Preis von einer Tasse Kaffee. Mittags verließen sie ihre bequemen Polstersessel dort, ließen die Bücher auf dem Tisch liegen und gingen in die Stadtschänke zum Mittagessen. Die befand sich in der Bahnhofstraße links auf halbem Wege zum Kröpcke: unter der Erde in großen, rustikalen Räumen.

Die vielen Cafés um den Kröpcke herum will ich hier nicht alle aufzählen; sie befanden sich unter der Erde, zu ebener Erde, im ersten Stock wie der gemütliche „D-Zug" oder im obersten Stockwerk mit großer Terrasse und Blick zum Kröpcke hin. Wenn Gerhard mit seinem Freund gemeinsam arbeiten wollte, dann gingen sie gelegentlich auch die Georgstraße entlang in Richtung Steintor und dort nach fünfzig Metern entweder links in ein Lokal im ersten Stock, wo nachmittags Cafébetrieb, abends Tanz war, oder gegenüber ins „Corso", das genauso organisiert war, wo es aber außerdem, da das Lokal unter dem Dach lag, eine überdachte Terrasse mit Blick auf die Georgstraße gab.

Wenn er abends mit Kommilitonen Bier trinken und Karten spielen wollte, dann führte sie der Weg die Georgstraße noch etwas weiter hinunter bis kurz vor den Steintorplatz zum Steintorcafé mit seinen diversen Nischen, Stockwerken und Abteilungen, oder in das benachbarte Speiselokal, das die ganze Nacht geöffnet hatte und in dem man entweder zu ebener Erde sitzen konnte oder auf der Galerie mit Blick über das ganze Innere des Lokals. Natürlich gab es auch damals schon den Luisenhof, in dem wir jetzt saßen. Doch den Besuch konnte er sich damals nicht leisten.

Nachdem ich meinen Freund mit einiger Mühe wieder in die Gegenwart zurückgeholt hatte, und wir unseren zweiten Kaffee bestellt hatten, wandten wir uns unserem Fall zu. Gerhard berichtete mir über die aktuellen Ermittlungsergebnisse. Morgens um halb neun am ersten Freitag im Juni verließ Manfred die gemeinsame Wohnung auf dem Wege in sein Büro. Er hatte Linda vermisst und sich über ihre Abwesenheit gewundert. Schließlich hatte er nach seinem Sohn geschaut, der aber anscheinend schon zur Schule gegangen war. Die Tochter war seit gestern bei Anne. Im Stehen hatte er ein kleines Frühstück eingenommen, die Terrassentür verschlossen und das Haus durch die Eingangstür verlassen.

Auf dem Weg zur Garage warf er einen Blick in den Garten und dabei sah er einen nackten Fuß hinter der Hausecke hervorragen. Er gehörte zu seiner Frau, die dort am Rande des Gartenweges auf dem Rücken lag. Entsetzt eilte er zu ihr, stellte aber fest, dass ihr nicht zu helfen war. Sie war tot und zwar offensichtlich ermordet durch einen seitlichen Schuss in den Kopf. Er benachrichtigte sofort die Polizei, und die Spurensicherung stellte fest, dass Linda mit einer Smith & Wesson vom Kaliber 38 getötet worden war, einer Waffe, die viel Verwendung findet in kriminellen Kreisen.

Gerhard hatte mehrere Gespräche geführt mit Manfred, Anne und ihrem Mann, und aus diesen Gesprächen hatte sich das Bild ergeben, das ich oben versucht habe anschaulich darzustellen. Manfred meinte, er habe um acht Uhr dreißig vielleicht einen leichten Knall gehört, dem aber keine Bedeutung beigemessen. Der Todeszeitpunkt, der sich laut Auskunft des Pathologen aus der Obduktion der Leiche ergab, könnte mit diesem Zeitpunkt übereinstimmen. Manfred war zu der Zeit gerade aufgestanden. Linda stand meistens etwas früher auf als er, bereitete Frühstück und kümmerte sich um Kinder und Garten. Es sah so aus, als ob sie auch an diesem Morgen ganz wie gewöhnlich durch die Terrassentür ihren Garten betreten habe und dann ganz unerwartet erschossen worden sei. Aber warum? Eine Waffe wurde nicht gefunden, Spuren gab es auf dem harten Betonboden vor der Garage auch keine. Als erster war wie üblich der Ehemann verdächtigt worden. Ein Alibi hatte er naturgemäß nicht. Aber es fand sich weder ein Motiv noch irgendein Beweis für seine Täterschaft.

Die einzigen Anhaltspunkte lieferten die Erinnerungen der zutiefst erschütterten Schwester Anne. Man musste sie trösten, dass sie sich keine Schuldvorwürfe machen solle. Vielleicht hätte sie Lindas Andeutungen über die Anheuerung eines Killers ernster nehmen müssen. Aber ob sie Linda von ihrem Plan hätte abbringen können, das erscheint unwahrscheinlich. Aus der mysteriösen Kontoabbuchung ergab sich ja die Vermutung, dass sie tatsächlich mit einem solchen Typ ins Geschäft gekommen sei. Aber warum sollte der dann seine Auftraggeberin umbringen?

Ich wollte gerne noch einmal den Tatort besichtigen und fragte, ob das wohl möglich sei. Gerhard betätigte sein Handy und sagte sogleich, wir könnten kommen, wir würden erwartet. Als wir dort vor dem Haus parkten und uns auf die Eingangstür zubewegten, öffnete uns eine hübsche, junge Frau die Tür, bei der es sich, wie ich vermutete und wie es sich durch die Vorstellung bestätigte, um die Schwester handelte. Im Wohnzimmer vor der offenen Terrassentür trafen wir den einigermaßen gefassten Manfred zusammen mit dem Ehemann von Anne. Die Kinder waren für einige Stunden bei den Großeltern untergebracht worden.

Bei seinen Verhören hatte sich Gerhard jedes Mal mit den Personen einzeln unterhalten, entweder in ihrer natürlichen Umgebung oder in seinem Büro. Dieses heutige Gespräch sollte einen weniger formellen Charakter haben, und so saßen wir schließlich alle um den niedrigen Rauchtisch herum, jeder mit seinem bevorzugten Getränk vor sich. Ich hatte mich für ein deutsches Bier entschieden. Es schien das Gefühl vorzuherrschen, dass alles Ermittelbare bereits ans Licht gekommen sei und dass der Fall als unaufgeklärt abgeheftet werden müsse – quasi unter dem Motto: „Eifersüchtige Hausfrau taucht ein in die Unterwelt Hannovers, und die Strafe folgt mysteriöserweise auf dem Fuße."

Derjenige in der Runde, der noch einige Neugier verspürte, war ich, da für mich alle Informationen neu waren. Ich versuchte im Geiste den Handlungsablauf nachzuvollziehen: Linda sah in der geheimnisvollen Frau eine Nebenbuhlerin, denn der Seitensprung hatte ja schon stattgefunden, und ihr Mann wollte die Wiederholung erzwingen. Ob Manfred noch etwas über diese Frau in Erfahrung gebracht habe, fragte ich ihn. Nein, gar nichts. Er habe den Club etwa viermal besucht, nur als Zuschauer, wie er behauptete, und an diesen Tagen sei sie nicht anwesend gewesen. Manfred habe dem Ehemann von Anne, Gernot, von dieser Frau erzählt und erfahren, dass der auch nichts über sie wusste.

Gernot hatte Anne von diesem Gespräch berichtet, und von ihr hatte Linda ihre Informationen bekommen. Wir mussten Anne erst einmal wieder trösten, die sich deshalb Vorwürfe machte. Man kannte die Frau also nicht, konnte aber sicher sein, dass man etwas erfahren hätte, wenn jemandem aus dem Club etwas zugestoßen wäre. Gab es also überhaupt einen Killer, hatte der das Geld kassiert und, wenn ja, wofür?

Eine Frage war noch: Wie hatte Linda das ausersehene Opfer dem Killer beschrieben, falls es einen Mordplan gegeben haben sollte. Welche Informationen gab es insgesamt über die Frau, außer der, dass sie hübsch war und den Club einmal, und zwar am letzten Freitag im März, besucht hat. Wenn es keine weiteren Kriterien gab, die den Killer leiteten, dann wären inzwischen sicherlich schon mehrere Frauen erschossen aufgefunden worden.

Jetzt fiel Gernot etwas ein, worüber er noch nicht gesprochen hatte. Gernot sprach überhaupt nicht gerne über seine gelegentlichen Besuche in diesem Etablissement, was ich gut nachempfinden konnte. An der Bar, die ich schon erwähnt habe, war Gernot eines Tages von einem Unbekannten zu einem Drink eingeladen worden. Er habe diesen Mann nur dieses einzige Mal im Club gesehen und erinnere sich nur dunkel an die Begegnung, da er zu jenem Zeitpunkt ziemlich blau gewesen sei, wie er sagte. Aber während er sich jetzt das Gespräch zu vergegenwärtigen suchte, wurde ihm immer klarer, dass der Fremde ihn nach Manfred ausgefragt hatte. Sie sprachen auch über die Frau, nach der Manfred Ausschau hielt. Und er, Gernot, habe dem Fremden die Frau so genau, wie er es nach Manfreds Erzählungen im Gedächtnis hatte, beschrieben. Unter anderem, dass sie eine Katzenmaske trug. Das war neu.

An dieser Stelle beobachtete ich, wie Anne plötzlich alle Farbe im Gesicht verlor und hemmungslos zu weinen anfing. Gernot versuchte, sie zu beruhigen, und Manfred bestätigte, dass die Frau eine Katzenmaske trug. Ich verstand schließlich, was Anne unter Tränen hervorbrachte: „Linda trug eine Katzenmaske."

Das war also die Lösung des Rätsels. Plötzlich war alles klar. Gerhard und ich verabschiedeten uns von der verstörten Familie, weil ich meinen Zug nach Wien erreichen musste. Gerhard brachte mich an den Zug und dankte mir überschwänglich für die Aufklärung des Falles, obwohl ich eigentlich nichts Wesentliches dazu beigetragen hatte. Während der Rückfahrt zum Hotel und dann zum Bahnhof rekonstruierten wir den Fall auf Grund unserer Vermutungen.

Acht Wochen später, als ich längst wieder in London war, rief mich Gerhard an und erzählte mir, dass alle unsere Vermutungen mit den Tatsachen übereinstimmten. Der Fremde, der Gernot zu einem Drink einlud, hatte versucht, unter einer Maske, die er ständig trug, unerkannt zu bleiben. Dennoch hatte Gernot an ihm ein bestimmtes körperliches Merkmal entdeckt, und mit Hilfe dieses Indizes hat man ihn inzwischen identifiziert. Doch das ist ein anderer Fall, der Gerhard während der letzten acht Wochen in Atem hielt und über den er jetzt am Telefon nur andeutungsweise berichtete. Inzwischen hat man den Mann inhaftiert, und er ist geständig. Er sei, wie er zugibt, im „Columbus" mit einem Mann, jedenfalls hielt er ihn dafür, ins Gespräch gekommen. Nach einem vorsichtigen Abtasten hätten sie sich für den nächsten Tag wieder verabredet, wobei der Verbrecher die Bedingung gestellt habe, dass das Geld in voller Höhe vorauszuzahlen sei.

Er ist Alkoholiker, flößte aber seinem „Kunden", also Linda, so viel Vertrauen ein, dass sie sich auf diese Bedingung einließ.

Er solle den Auftrag nur dann ausführen, wenn es ihm gelänge, nach einem Besuch in dem Swingerclub die geheimnisvolle Frau eindeutig zu identifizieren. Da er Privatdetektiv gewesen war, bevor er zum Alkoholiker und Kriminellen abstieg, machte ihm das keine großen Schwierigkeiten. Statt das Geld zu kassieren und dann das Weite zu suchen, hatte er eine Art „Ehrenkodex", der ihm die „sachgerechte" Ausführung seines Auftrags abverlangte. Und so geschah es denn auch. Da er Linda nur in ihrer männlichen Verkleidung kannte, kam er gar nicht auf die Idee, dass er dabei seinen Auftraggeber erschoss.

Die geheimnisvolle Frau war also Linda selbst gewesen, die wegen ihrer Katzenmaske von ihrem eigenen Mann nicht erkannt worden war. Manfred besuchte mehrmals allein den Club in der Hoffnung, ihr wieder zu begegnen und wartete jedes Mal vergebens, denn Linda ging dort nicht mehr hin. Weitere Nachforschungen stellte Manfred nicht an, im Gegensatz zu dem Ex-Detektiv, der zielstrebiger nach dieser Frau fahndete – unauffällig und gesprächsweise im Kreise halb alkoholisierter Hedonisten – und dabei bald Erfolg hatte. Das war sicherlich nicht schwierig, denn Anne und Gernot waren ja seit längerem Besucher und Mitglieder in diesem Club und deshalb bekannt. Wenn sie neue Besucher in den Club einführten, wie an jenem Freitag im März, als sie in Begleitung von Linda und Manfred erschienen, dann haben sie vermutlich die neuen Gäste vielen anderen vorgestellt. Einer oder mehrere von denen haben dann gesehen, wie Linda sich die Katzenmaske aufsetzte und den Vorgang im Gedächtnis behalten. Die Anonymität zu wahren und Masken zu tragen – das war in dem Club kein Zwang, sondern ein nachlässig betriebenes, karnevalistisches Spiel.

Dem Detektiv war es jedenfalls gelungen, Namen und Adresse von Linda zu ermitteln. Dann hat er sich, so vermuten wir, für seine Tat den frühen Morgen ausgesucht, weil sein Alkoholpegel zu dem Zeitpunkt noch relativ niedrig war. Zu dieser Tageszeit in eine Vorstadtsiedlung zu gehen, um unbeobachtet einen Schuss abzugeben, ist zwar etwas riskant. Aber das Risiko ist kalkulierbar: Er musste einen Schalldämpfer benutzen und eine Ausrede bereithalten, für den Fall, dass er beobachtet wurde oder sich beobachtet fühlte. Doch im Falle unerwarteter Zwischenfälle konnte er sein Vorhaben abbrechen, musste nur eventuell seine Anwesenheit irgendwie begründen.

Vielleicht hat er sein Opfer angesprochen, bevor er den tödlichen Schuss abgab, und sich die Identität bestätigen lassen. Man weiß es nicht. Die Waffe ließ sich ja leicht unsichtbar machen. Nichts hinderte ihn, falls ein Problem auftauchte, unter höflichen Entschuldigungsworten das Weite zu suchen und sein Vorhaben auf einen späteren Zeitpunkt zu verschieben.

Er wurde inzwischen zu einer lebenslänglichen Gefängnisstrafe verurteilt. Sein Auftraggeber oder seine Auftraggeberin konnte nicht verurteilt werden, da er beziehungsweise sie bereits tot war. Linda hatte einen Killer damit beauftragt, sie selbst zu ermorden. So ernst und traurig dieser Fall auch war, auch für mich durch den Kontakt mit den direkt Betroffenen, so enthielt er doch eine größere Portion Komik als meine anderen Fälle.

Dr. Georg M. Peters

Abitur in Hamburg, Lehrzeit, Studium und Promotion in einem naturwissenschaftlichen Fach in Hannover, Habilitation, Autorentätigkeit im Rahmen eines bundesweiten Didaktikprojektes des Deutschen Instituts für Fernstudien, Tübingen, Berufstätigkeit in der Industrie, seit 1992 Autor unter dem Pseudonym „Georg M. Peters".

Veröffentlichungen: „Dimensionen des Bewusstseins", „Depression: eine Heilung ohne Therapeuten", „Ego cogito, ego mutabo (durch Denken das Leben gestalten)"

Linie 131 – Von Bahnhof Linden nach nirgendwo
Dagmar Seidel-Raschke

„ … Und hier mehr von Wetter und Verkehr. Die Aussichten für heute: schwül und sehr heiß. Aufgrund mehrerer Baustellen in Hannover ist mit zahlreichen Behinderungen in der City zu rechnen.“

4.50 Uhr

Zeit zum Aufstehen für Klaus-Erich Dreyer. Er kommt nur langsam zu sich. Stundenlang hat er sich heute Nacht im Bett gewälzt und konnte keinen Schlaf finden. Immer neue Gedanken quälten ihn. Es dämmerte schon, als er schließlich doch eingeschlafen war. Und dann hatte er wieder diesen schrecklichen Alptraum: Er fährt seinen Bus. Der Bus kommt nicht voran, obgleich er das Gaspedal ganz durchdrückt. Er weiß, dass er den vorgegebenen Zeitplan wieder nicht einhalten kann! Die Haltestelle kann er schon ausmachen und kommt doch keinen Schritt näher. Er sieht von weitem die aufgebrachten Fahrgäste, hört ihr Gezeter, ahnt ihre wutverzerrten Gesichter. Sie fuchteln mit den Regenschirmen und drohen ihm. Die Stimmen werden immer schriller und unerträglicher. Und dann kommen sie auf ihn zu, die Fahrgäste. Immer näher. Er sieht ihre zu Fratzen entstellten Gesichter, die von Männern, Frauen und Kindern. Er spürt, diesmal werden sie ihn erwischen. Schon drücken die Ersten ihre monströsen Gesichter an seiner Windschutzscheibe platt. Die anderen rücken nach. Er weiß, die Scheibe kann dem Druck auf Dauer nicht standhalten. Und er sitzt eingezwängt hinter seinem Lenkrad und kann nicht weg …

An dieser Stelle wachte er jedes Mal auf. Schweiß bedeckt seine Stirn. Er fühlt sich wie gerädert. Der Traum variierte gelegentlich insofern, als sich von Zeit zu Zeit seine Tante Lina unter die Fahrgäste mischte und ihn aus leblosen starren Augen anklagend ansah, den Mund zu einem stummen Schrei weit geöffnet. Heute war er von diesem Anblick verschont geblieben.

Der Radio-Wecker zerreißt die morgendliche Stille. „Die-mehr-Spaß-am-Morgen-Show", dröhnt es aus dem Gerät. Nach diesem Alptraum klingt das wie Hohn. Und überhaupt, wann hatte er das letzte Mal Spaß gehabt?

Aufstehen. Ins Bad. Morgentoilette. Jeden Tag das gleiche Prozedere.

Sein Trockenrasierer ist kaputt. Also Nassrasur! Mist! Jetzt hatte er sich am Hals geschnitten, direkt über dem Adamsapfel. Blut! Ein kleiner Schnitt, nicht der Rede wert, aber überall Blut! Fasziniert starrt er in den Spiegel. Nur für den Bruchteil einer Sekunde geht es ihm durch den Kopf, dass alles vorbei wäre, wenn er jetzt eine Rasierklinge nähme und ... Mit der Handkante vollführt er einen Schnitt quer über seinen Hals. Dann greift er zum Blutstiller.

Linie 131! Wie er die hasste. Die unmöglichste Strecke und der unmöglichste Dienst. Der pure Stress! Wenn er allein an diese Schüler dachte. Die hatten doch alle keinen Respekt mehr heutzutage. Den Dienst hatten sie natürlich ihm wieder aufs Auge gedrückt. Obgleich er laut Dienstplan noch vorgestern anders eingeteilt war. Ein Kollege hatte sich schlichtweg gedrückt, und er konnte es wieder ausbaden. Die Dienststelle hatte ihn einfach umgesetzt. Eine Schweinerei war das! Nicht einmal gefragt hatte man ihn! „Ach, den Klaus-Erich! Den brauchen wir doch nicht extra zu fragen. Der macht das schon." Es war für sie einfach selbstverständlich, dass er einspringen würde. Warum konnte er eigentlich nie „Nein" sagen? Er verachtete sich selbst. Kein Wunder, dass er nicht mehr für voll genommen wurde und man ihn ausnutzte. Aber er schwor sich: Eines Tages, eines Tages sollten sie ihn kennen lernen. Dann würde er mit der Faust auf den Tisch hauen.

5.25 Uhr

Die Dienstkleidung hängt fein säuberlich auf einem Bügel am Kleiderschrank. Das Busunternehmen legte großen Wert auf ein gepflegtes Äußeres bei seinen Fahrern. Erst kürzlich hatte ein Designer im Auftrag des Unternehmens gänzlich neue Dienstkleidung kreiert. Die Farben der Garderobe waren jetzt frischer, nicht mehr langweilig blau-grau. Fröhliche Hemdenfarben gleich fröhliche Busfahrer, hatte man sich wahrscheinlich gedacht. Aber diese Rechnung ist nicht aufgegangen. Denn nicht nur die Uniformen waren erneuert worden, auch die Dienstpläne für die Busfahrer, und zwar eindeutig zu deren Lasten. Pinkeln musste man sich neuerdings verkneifen, es sei denn, man riskierte 15 Minuten Verspätung. Dann lieber das Bedürfnis durch die Rippen schwitzen! Die Fröhlichkeit, die blieb dabei allerdings „auf der Strecke".

Auf dem Weg in die kleine Küche schließt er die letzten Knöpfe seines frisch gebügelten Hemdes. Das hatte er auch erst lernen müssen, nachdem er plötzlich allein stand: Hemden waschen und bügeln. Früher hatte das seine „Else" gemacht. „Else" hieß eigentlich Angelika und war seine geschiedene Frau. Nie hätte er geglaubt, dass etwas mit seiner Ehe nicht stimmte. Klar, die dauernd wechselnden Schichten brachten das Familienleben ständig durcheinander. Aber er und Else, sie hatten doch immer zusammengehalten. Wenn er gelegentlich seine gescheiterte Ehe analysierte, musste er eingestehen, dass er schon manchmal muffelig gewesen war. Aber konnte man ihm das verdenken? Er musste doch ständig seinen Lebensrhythmus den Tag- und Nachtschichten anpassen. Unter Elses Hormonschwankungen hatte er schließlich auch gelitten. Wie hysterisch sie manchmal war! An solchen Tagen ging man ihr besser aus dem Weg. Gut, viel ausgegangen waren sie nicht. Aber man konnte es sich doch auch zu Hause vor dem Fernseher gemütlich machen. Wozu rackerte man sich schließlich für sein Reihenhäuschen ab? Um dann immer wegzugehen? Für ihn war die Welt so in Ordnung. Wie hätte er ahnen sollen, dass das seiner Frau nicht reichte?

Und dann hatte Else gemeint, jetzt, wo die Kinder aus dem Gröbsten raus sind, könne sie vielleicht – nur so zur Abwechslung – einen kleinen Job annehmen. Und er Trottel hatte zugestimmt. Wenn er zu der Zeit schon gewusst hätte, wie der Hase läuft ...

Das Kaffeewasser kocht. Ohne Kaffee ging er nicht aus dem Haus. Den brauchte er einfach, um munter zu werden. Schnell macht er sich ein paar Stullen zurecht. Wenn er an die 131 dachte, wurde ihm schon wieder übel.

Mehr als zwanzig Jahre fuhr er jetzt Bus. Er war immer gerne gefahren, aber die letzten Jahre waren eine Strapaze. Und wofür rackerte er sich ab? Für die monatlichen Unterhaltszahlungen an seine Kinder!

Die Stullen und die Thermoskanne verstaut er in seiner Arbeitstasche. Das Geschenk durfte er nicht vergessen! Heute hatte Erwin Geburtstag. Das war ein prima Kerl. Sie hatten sich gleich verstanden, als sie sich das erste Mal begegnet waren. Erwin war früher LKW-Fahrer gewesen. Genauso, wie er selber auch. Da hatten sie sich viel zu erzählen, von den guten alten Zeiten. Und was sie so alles transportiert hatten, mit ihren LKWs. Erwin war Junggeselle. Bis vor kurzem hatte er noch mit seiner Mutter zusammengelebt. Aber die war vor zwei Monaten gestorben. Erwin war wie immer vom Dienst nach Hause gekommen, hatte die Tür aufgeschlossen und gleich gewusst, dass irgendwas anders war. Obwohl der Fernseher wie üblich auf voller Lautstärke lief, war da doch diese seltsame Stille gewesen. Klaus-Erich hatte richtig Gänsehaut bekommen, als Erwin ihm davon erzählte. Er fand seine Mutter auf den Knien vor ihrem Fernsehsessel, eine Hand nach dem Telefon ausgestreckt, das auf einem Tischchen daneben stand. Die Totenstarre hatte schon eingesetzt. Die Kripo war gekommen. Das war in solchen Fällen so üblich, um ein Fremdverschulden auszuschließen. Zeitweise hatte die Polizei sogar Erwin im Verdacht, seine Mutter umgebracht zu haben. Klaus-Erich konnte sich nur zu gut vorstellen, wie es Erwin zumute gewesen sein musste. Und nun war Erwin ganz allein. Genauso wie Klaus-Erich. Erwin hatte sich in seinem Leben bisher immer auf seine Mutter verlassen. Nun fiel es ihm schwer, für sich selber zu sorgen. Das fing schon damit an, dass er in letzter Zeit regelmäßig verschlief. Kein Fahrer konnte sich das auf Dauer erlauben. Der Gedanke, dass Erwin möglicherweise entlassen werden könnte, beunruhigte Klaus-Erich zutiefst. Da hatte er plötzlich die Idee mit dem Wecker. Das wäre ein passendes Geschenk für Erwin! Im Kaufhof am Bahnhof hatte er ihn entdeckt: groß und mit zwei Schellen obendrauf. So ein altertümliches Ding. Man musste ihn von Hand aufziehen, und er tickte wahnsinnig laut. Wenn der Alarm am Morgen losging, dann würden selbst Tote wach.

Er stellt die Uhrzeit korrekt ein und zieht den Wecker nochmals bis zum Anschlag auf. Mit viel Tesafilm gelingt es ihm, das Geschenk für Erwin in das mit lustigen Cartoons von Ulli Stein versehene Papier einzupacken. Das tickende Päckchen verstaut er in seiner Diensttasche ganz obenauf. Erwins Dienst endet etwas später als der von Klaus-Erich. Er will auf ihn warten und ihn dann überraschen! Vielleicht lädt er ihn noch auf ein Gläschen ein. Danach will Klaus-Erich aber unbedingt noch in den Club. Nun hat er es eilig. Der Rücken tut schon wieder weh. ‚Körper und Seele sind eben kaputt', denkt Klaus-Erich. Jeden Tag diese Schmerzen im Kreuz. Typische Berufskrankheit. Und die Seele? Seitdem seine Else ihre Entscheidung, ihn zu verlassen, mit einer solchen Entschlossenheit in die Tat umgesetzt hatte, dass es schon an Kaltblütigkeit grenzte, war etwas in ihm zerbrochen. Selbst seinem Anwalt war nur ein Kommentar dazu eingefallen: „Geben Sie auf, Mann." Keine Familie mehr, kein Reihenhäuschen im Grünen. Nichts ist ihm geblieben. Stattdessen eine 1½-Zimmerwohnung in Linden über einem Waschsalon.

6.00 Uhr

Er schließt seine Wohnungstür ab und begibt sich von der dritten Etage des Treppenhauses ins Erdgeschoss die alten, knarrenden Holztreppen hinunter. Die Wohnungstür der alten Witwe Moser, die seit fünfzig Jahren in diesem Haus lebt, öffnet sich einen Spaltbreit. Sie will sehen, wer das Haus verlässt. In dem groß geblümten Morgenrock und mit den Lockenwicklern im Haar bietet sie einen Anblick zum Abgewöhnen. Ihr dicker fetter Dackel keift hinter ihr, als er Dreyer aus dem dritten Stock erblickt. Kurz und schrill zischt sie durch den Türspalt: „Vergessen se nicht, dass se mit der Treppe dran sind." Will sagen, er hat Putzdienst im Treppenhaus. Wie er die Alte hasste! Hatte die eigentlich keine anderen Sorgen. Am liebsten würde er sie umbringen, diese alte Kuh. „Und sagen se der Emanze da oben auch gleich Bescheid. Die ist nämlich nächste Woche dran." Damit war seine Türnachbarin, Frau Schlichter-Wetz, gemeint. Als er ihren Namen das erste Mal hörte und der schrillen aufdringlichen Person ansichtig wurde, hatte er sie gleich umbenannt: Schlechter-Witz, denn so empfand er es, dass er ausgerechnet neben so einer wohnen musste. Sie erinnerte ihn sofort an Joditha Meier-Schütte, die seine Else damals beim Yoga kennen gelernt hatte. Von der Art „vertrockneter Emanzentyp", der aus der Not eine Tugend gemacht hatte. Denn wer wollte so eine schon „durchorgeln". Und deshalb, weil sie keinen abkriegten, entwickelten diese Frauen einen Männerhass und versuchten sich im Aufwiegeln von bis dahin braven Ehefrauen. Man erkannte diese Weiber schon am Doppelnamen. Dessen war er sich sicher. „Joditha hat gesagt, Joditha hat gemeint, Joditha macht das aber so ...!" So ging das von morgens bis abends. Und er hatte kein gewichtiges Wort mehr mitzureden. Auch die Idee mit dem Job war auf Jodithas Mist gewachsen. Wenn Else doch nur nicht bei dieser Immobilienfirma angefangen hätte ...

Für seinen alten Ford Granada 3000 GXL hatte er in einer kleinen Seitenstraße eine alte Garage gemietet. Das war der einzige Luxus, den er sich leistete. Es wäre für ihn undenkbar gewesen, sein bestes Stück einfach auf der Straße zu parken. Ohnehin waren Parkplätze knapp in Hannover. Das Auto ist auf Hochglanz poliert. Der Motor springt sofort an und schnurrt wie ein Kätzchen. Die im Club würden staunen! Er hatte ihn mit einer neuen Stoßstange aufgerüstet. Wochenlang hatte er gesucht, bis er endlich ein Original gefunden hatte.

Das Auto und dass er im Club eine Art Zuhause gefunden hatte, hatte er seinem Therapeuten zu verdanken. Den Therapeuten hatte er aufgesucht, weil er einfach mit jemandem sprechen musste, nachdem Else die Scheidung eingereicht und mit ihren Kleidungsstücken und ihrem Schmuck das Haus verlassen hatte. Keine sechs Stunden hatte sie dafür benötigt. Und sich nicht einmal mehr umgeblickt! Das tat weh. Der Therapeut hatte ihm vorgeschlagen, sich ein Hobby zu suchen. Nachdem er seinen Rat befolgt hatte, kam er mit viel weniger Therapiestunden aus.

Im Internet hatte er den Ford gesehen und gleich gewusst: Den musste er haben, koste es, was es wolle. Viele Stunden hatte er inzwischen damit zugebracht, an dem Ford zu basteln. Durch sein neues Hobby hatte er Anschluss an den Ford-Club Hannover gefunden. Die Clubabende mit den Jungs taten ihm gut. Selbst ihre gelegentlichen Schmähungen, wenn er sich wieder einmal selber leid tat, ertrug er gern. Sie lenkten ihn von den Gedanken an Else ab, die jetzt zwischen einer schicken Villa im Nobelviertel von Hannover und ihrer Ferienwohnung auf Ibiza hin und her jettete. Else hatte schlicht einen besseren Deal gemacht und ihren Chef geheiratet. Der Altersunterschied von mehr als zwanzig Jahren störte sie dabei offensichtlich nicht. Und auch nicht sein Ruf als skrupelloser Immobilienmakler.

Klaus-Erich steuert seinen alten Ford durch Hannovers Berufsverkehr.

„Und der Mensch heißt Mensch, weil er vergisst, weil er verdrängt ..." Auf Antenne singt Herbert Grönemeyer. Klaus-Erich summt leise mit. Wenn er in seinem Auto saß, dann besänftigte das auf seltsame Weise seinen Zorn, den er innerlich hegte. Hier konnte er auch weinen. Und manchmal sprach er mit einem imaginären Partner auf dem Sitz neben sich über sein unglückliches Leben.

Seine Eltern waren beide bei einem Autounfall früh ums Leben gekommen. Er und sein jüngerer Bruder wuchsen bei der Schwester seines Vaters auf, deren Leben bis dahin nicht darauf ausgerichtet war, Kinder großzuziehen. Tante Lina betrieb einen kleinen „Tante-Emma-Laden" in Hannover. Bis zum Tod ihres Bruders hatte sie keinen Kontakt zur Familie gepflegt. Streunende Katzen waren ihr wichtiger als der Klüngel mit der Verwandtschaft, die sowieso nur durchtrieben und verlogen war. Für ihre Streuner aber tat sie alles. Da konnte man sie im Winter mit dem Fahrrad in die umliegenden Gärten fahren sehen, wo sich die ansonsten verachteten Kreaturen täglich versammelten und auf Tante Lina warteten, die Futter und auch ein Schälchen warme Milch brachte. Fünf Katzen hatte sie in ihrem Haus aufgenommen. In der Familie kursierte daraufhin das Gerücht, dass Tante Lina durchgeknallt sei und das ganze Haus voller Katzen habe. Auch sonst wurden ihr viele Geschichten nachgesagt. Außerdem war Tante Lina „unbequem". Sie pflegte mit ihrer Meinung über ihre Mitmenschen nicht hintem Berg zu halten. Und wenn es um Gerechtigkeit ging, dann war sie voller Renitenz. Darum unternahm die Familie auch ihrerseits keine Anstrengungen, die unterbrochene Verbindung wieder herzustellen.

Tante Lina war tot. Klaus-Erich und sein Bruder hatten ihr viel zu verdanken. Sie war die Einzige gewesen, die sich nach dem Tod der Eltern bereit erklärt hatte, den Kindern ein neues Zuhause zu geben. Und so schrullig sie auch manchmal den Erwachsenen erschienen sein mochte, den beiden Jungs gegenüber war sie herrlich normal gewesen. Sie hatte eine Gabe, über die nur wenige Erwachsene verfügen, nämlich Kinder wie gleichwertige Partner zu behandeln. Mit Taschengeld war sie nie kleinlich gewesen. „Geld ist schließlich zum Ausgeben da", hatte sie mit ihrer blechernen Stimme immer gesagt. Und ganz sicher war es ihr nicht immer leicht gefallen, Geld für sie abzuzwacken. Sie hatte für den Unterhalt immer selber gesorgt. Für die „Stütze" war sie zu stolz.

Nach ihrem Schlaganfall hatte Tante Lina viele Tage in einem Krankenhausbett zugebracht, künstlich am Leben erhalten. Er hatte in dieser Zeit täglich an ihrem Bett gesessen. Sie konnte nicht mehr sprechen, aber ihre Augen fixierten ihn und wollten ihm ständig etwas Wichtiges sagen. Und endlich begriff er: Dieser schleichende Tod war kein Tod, der ihrer würdig gewesen wäre. Er musste handeln. Als er eines Abends gewiss sein konnte, dass er mit seiner Tante lange Zeit allein sein würde in diesem tristen Krankenhauszimmer, an diesem verregneten Novembertag, hatte er ihr das Kissen unter dem Kopf weggenommen. Sie hatte ihn angesehen. Sie wusste, was er jetzt tun würde. Er hatte ihr die Stirn geküsst, sie hatte mit den Augen gezwinkert und dann hatte er ihr das Kissen auf das Gesicht gedrückt. Er hatte sein ganzes Körpergewicht einsetzen müssen. Es hatte nicht lange gedauert, aber es kam ihm wie eine Ewigkeit vor. Der schwache Körper hatte sich mit aller Kraft aufgebäumt und schließlich nur noch gezuckt. Und dann war alles vorbei. Den Kopf bettete er anschließend wieder auf das Kissen. Die weit aufgerissenen Augen und den offenen Mund hatte er Tante Lina geschlossen. Sie war tot.

Er war nach Hause gegangen. Seine Familie hatte ihm nichts angemerkt. Irgendwann am nächsten Morgen hatte ihn ein Mitarbeiter des Krankenhauses angerufen und ihm die Mitteilung gemacht, dass seine Tante über Nacht verstorben sei. „Mein aufrichtiges Beileid." „Danke", hatte er gesagt. Tante Lina hatte ihr gesamtes Vermögen dem Tierheim Krähenwinkel hinterlassen. So war sie eben. Die kleine quirlige und lebenslustige Frau mit ihren azurblau gefärbten Haaren, die sich bis ins hohe Alter nicht hatte verbiegen lassen, fehlte Klaus-Erich heute mehr denn je. Er hatte sie umgebracht.

6.15 Uhr

Der alte Ford Granada fährt auf das Betriebsgelände des Busunternehmens und steuert den nächsten freien Parkplatz an. Im Aufenthaltsraum läuft der Ventilator. Seit Tagen gibt er sein Letztes und versucht, die Luft erträglicher zu machen. Trotzdem ist es stickig im Raum. Aus dem kleinen Kofferradio auf einem der Tische werden gerade die Nachrichten übertragen: „Regierung und Koalitionsparteien haben in Sachen Gesundheitsreform beschlossen ..." Heute interessiert es niemanden, wie der „kleine Mann" wieder abgezockt werden soll. Alle sind auffällig still. Gestern hat es einen von ihnen erwischt. Ist einfach tot vom Stuhl gefallen, nachdem er sich noch eine Zigarette angezündet hat. Der Schock sitzt tief. Jeder fragt sich nach dem Sinn seines Lebens.

Klaus-Erich überkommt plötzlich eine große Traurigkeit. Er fühlt sich so allein. Wer wird einmal um ihn trauern? Kein Mensch, kein Hund, keine Katze, nicht einmal ein Goldfisch wartet zu Hause auf ihn. Manchmal war er so einsam, dass er von unterwegs in seiner Wohnung anrief, nur, damit er einmal eine Nachricht auf dem Anrufbeantworter abhören konnte, wenn er nach Hause kam. Seine Kinder gingen ihre eigenen Wege.

Und mit Frauengeschichten? Damit tat er sich schwer. In den letzten beiden Jahren seit der Trennung von seiner Else war er zwei Frauen begegnet, die er attraktiv fand, aber mit keiner von beiden hatte er sich je verabredet. – Das war einmal eine kesse Studentin, die öfter mit seinem Bus fuhr und die auffällig mit ihm geflirtet hatte. Bei so einer „Gebildeten" ging doch alles um Dinge, von denen er keine Ahnung hatte: um Kunst, um Wissenschaft und was weiß ich noch alles. Ne, ne, auf so etwas ließ er sich gar nicht erst ein. – Das andere Mal war er nahe daran gewesen, um ein Rendezvous zu bitten. Elena hatte er im Waschsalon kennen gelernt. Sie hatte eine traumhafte Figur und er wollte eigentlich nicht auf ihren Po sehen. Aber er konnte nicht anders. Sie bemerkte es, und das war ihm peinlich. Schließlich hatten sie beide auf der Bank gesessen und die Wäsche beobachtet, die in den

Maschinen hin und her schwappte. Und dann hatten sie zaghaft ein Gespräch begonnen. Elena aus Lettland ließ keinen Zweifel daran, dass Klaus-Erich ihr sympathisch war, doch seit dem Scheitern seiner Ehe hatte er Angst vor Beziehungen, und seine Abwehrmechanismen reagierten bei jedem Annäherungsversuch. Jedenfalls hatte er den Waschsalon nach dem Treffen mit Elena erst einmal gemieden.

Im Übrigen war sein Verlangen nach Sex ohnehin so eingeschlafen, dass er schon überlegt hatte, professionelle Hilfe in Anspruch zu nehmen. Auch an „Wundermittel" hatte er schon gedacht. Elena war höchstens fünfundzwanzig. Wer konnte schon wissen, was diese jungen Dinger im Bett von einem Mann erwarteten. Man hörte ja so einiges. Else und er, sie hatten es gern bequem gehabt beim Sex. Keine großen Verrenkungen eben. Die „Löffelchen-Stellung", das war ihre Lieblingsposition gewesen. Wenn er sich vorstellte, dass sie vielleicht gerade jetzt mit diesem dicken, glatzköpfigen Drecksack …!

6.25 Uhr

Beim Hofdienst erfährt Klaus-Erich, auf welchem Platz in der Halle sein Bus steht. Er hat eines der ältesten Fahrzeuge erwischt: ungefederter Fahrersitz, kein Fahrscheindrucker, keine Klimaanlage. Das war ja klar! Den Bus, den kein anderer will, den bekommt er! Lange lässt er sich das nicht mehr bieten, das schwört er sich! Die Diensttasche stellt Klaus-Erich in die Fahrerkabine. Das Ticken des Weckers hört sich an wie eine Zeitbombe, die bald explodieren wird.

6.52 Uhr

Bahnhof Linden erreicht der Linienbus pünktlich. Bei den Fahrgästen handelt es sich um die üblichen Berufspendler. So früh am Morgen schauen die meisten noch ein wenig dösig aus dem Fenster. Klaus-Erich kann sie im Rückspiegel beobachten. Wie Schaufensterpuppen sitzen sie da. Leere, ausdruckslose Gesichter. Einige vergraben sich hinter ihren Zeitungen. Die BILD überwiegt um diese Zeit. Später ist es die HAZ. Diese Fahrgäste sind Klaus-Erich am liebsten. Der eine oder andere lässt sich sogar zu einem Lächeln und zu einem freundlichen „Guten Morgen" herab. Von den meisten aber wird er wie immer ignoriert und findet höchstens so viel Beachtung wie der Fahrscheinentwerter im Bus.

12.15 Uhr

Um die Mittagszeit hat die Außentemperatur 39 Grad im Schatten erreicht. Hinter der Windschutzscheibe werden es wohl mehr als 60 Grad sein. Immer wieder wischt Klaus-Erich mit einem Taschentuch den Schweiß von der Stirn. Sechs Runden ist er inzwischen gefahren: 42 Haltestellen mal zwei für die Rückrunde ist gleich 84 Mal anhalten, Fahrgäste aufnehmen, weiterfahren. Am Deisterplatz wird gebaut. Deshalb hat er zehn Minuten Verspätung. Das Ticken des Weckers in seiner Tasche macht Klaus-Erich nervös. Hätte er das Ding doch in seinem Schließfach deponiert! Auch die Fahrgäste sind gereizt. Ihre Gesichter verzerren sich zu den Fratzen, die Klaus-Erich in seinen Träumen verfolgen.

Die Schüler hatten ihn heute wieder Nerven gekostet. Nach den Sommerferien waren sie wie aufgedreht. Sie haben seinen Bus regelrecht gestürmt und noch mehr als sonst randaliert. Als er sie gemaßregelt hatte, erntete er nur Gelächter. Und der Bus hatte wieder ausgesehen!

Überall Abfälle. Zwei Sitze waren beschädigt worden. Wo blieb eigentlich die Erziehung durch Elternhaus und Schule? Als die Horde an der Martinskirche ausgestiegen war, hatte er drei Kreuze gemacht.

In Höhe der Haltestelle Kröpcke war es dann passiert. Das, wovor er sich lange gefürchtet hatte. Im Getümmel der hastenden Menschen hatte er seine Else gesehen. Das viele Geld bekam ihr offensichtlich gut. Sie trug eine enge Designer-Jeans. Sie war merklich schlanker geworden, sah fast ein wenig ausgezehrt aus. Ihre Augen hatte sie hinter einer Wrap-around-Sonnenbrille verborgen, wahrscheinlich der letzte Schrei aus Paris. Sie hatte zwei große Einkaufstüten in den Händen … und dann war es auch schon vorbei. Er kam sich so elend und klein vor, als er mit seinem schäbigen Bus an ihr vorbeirauschte. Er fühlte sich so verletzt!

Klaus-Erich reißt das Seitenfenster bis zum Anschlag auf. Ein Fahrgast hat offensichtlich zu viel Alkohol getankt, und die dicke Dame auf dem Sitz daneben riecht nach Schweiß. Schweiß- und

Alkoholgeruch vermischen sich. Ihm wird übel. Schon wieder steht er in brütender Hitze vor einer roten Ampel.

Dann ein Funkspruch von der Leitstelle. Ein Unfall auf seiner Strecke. Also noch mehr Verspätung! So ganz nebenbei informiert ihn der Kollege, dass auf dem Parkplatz des Betriebsgeländes auch ein kleines Malheur passiert sei. Ein Kollege habe leider die Stoßstange des alten Fords erwischt, der dort parkte. Das sei ja wohl seiner, oder? Klaus-Erich bleibt für einen Moment die Luft weg. „Sag, dass das nicht wahr ist", flüstert er in das Mikrophon. Keine Antwort. Die Leitstelle hat sich ausgeschaltet. Warum ausgerechnet sein Auto? Die schöne Stoßstange! Wie lange hatte er danach gesucht! Das konnte doch nur Absicht sein. Sie hatten es alle auf ihn abgesehen. Sie wollten ihn fertig machen. Schweiß läuft ihm den Rücken hinunter. Er zerrt an seinem Hemdkragen und öffnet den oberen Knopf. Dabei scheuert er die Wunde auf, die er sich heute morgen beim Rasieren zugezogen hatte. Der Hemdkragen ist voller Blut. Ein Fahrgast, der um eine Auskunft bitten will, weicht erschrocken zurück, denn Klaus-Erich bietet einen Furcht erregenden Anblick: schweißnasse Haare, blutverschmiertes Hemd, irrer Blick.

Und plötzlich überschlagen sich die Ereignisse. An der Haltestelle Küchengarten-Ihme Zentrum steigen lautstark fünf Jugendliche in den Bus. Sie flegeln sich in die Sitze des Busses, die Füße legen sie auf die gegenüberliegenden Sitzbänke. Klaus-Erich packt der Zorn. „Füße von den Sitzen", brüllt er in das Mikro. Erstaunlicherweise folgen sie seiner Anweisung, pöbeln aber weiter und beschimpfen ihn. Am Königsworther Platz will die Gruppe offensichtlich aussteigen, keiner betätigt jedoch das Haltesignal. Da auch keine Fahrgäste zusteigen wollen, entscheidet sich Klaus-Erich spontan dazu, nicht anzuhalten. Er freut sich diabolisch, als er im Rückspiegel sehen kann, wie die Jugendlichen plötzlich registrieren, dass der Bus nicht anhalten wird. „Scheiß-Busfahrer! Halt sofort an! Wir wollen hier raus, du alter Saftarsch!" Klaus-Erich überhört die Proteste. „Sofort anhalten", brüllen sie noch einmal. „Der Scheiß-Busfahrer scheißt euch was", hört er sich plötzlich durch das Mikro sagen. Daraufhin eskaliert die Situation. Wie auf Kommando schießt ein Jugendlicher in den vorderen Teil des Busses. „Halt sofort an. Ich fick' deine Alte! Ich bring' dich um!" Der Junge, der vorher wie ein Kind ausgesehen hat, wirkt plötzlich bedrohlich groß. Er reißt einen Totschläger aus der Tasche und schlägt auf Klaus-Erich ein. Klaus-Erich sieht Sterne. Er kann den Bus gerade noch zum Stehen bringen. Seine Brille hat die Attacke nicht überstanden und liegt zerbrochen auf der Erde. Der Junge hat ihn an der rechten Augenbraue erwischt. Aus der aufgeplatzten Wunde quillt warm das Blut. Für einen Moment ist es ganz still im Bus. Jeder hält den Atem an. Überdeutlich hört Klaus-Erich das Ticken des Weckers. Dann sieht er rot: dieser Rotzbengel! War es schon so weit gekommen, dass kleine Gören ihn verprügeln durften? Schluss damit. Schluss mit allem. Sie sollten ihn kennen lernen! Seine Familie, seine Kollegen, die Fahrgäste. Er würde sich jetzt ein für allemal Respekt verschaffen und nicht weiter auf sich herumtrampeln lassen. Der Jugendliche, der noch immer vor ihm aufgebaut steht, den Totschläger in der rechten Hand, bereit, wieder zuzuschlagen, weicht einen Schritt zurück, als Klaus-Erich plötzlich aufspringt. Zu spät! Klaus-Erich packt ihn am Kragen und stößt seinen Kopf auf den Geldzähler. Die Nase knackt verdächtig, Blut schießt daraus hervor. „So, Bürschchen, und nun werde ich dir mal Manieren beibringen!" Er stößt den schwer angeschlagenen Jungen auf den nächsten freien Sitz. „Du wirst dir gleich vor Angst in die Hosen scheißen." Klaus-Erich greift nach seiner Diensttasche und hebt sie für jeden sichtbar hoch. „Verehrte Fahrgäste, in dieser Tasche befindet sich eine Bombe", ruft er laut in den Bus hinein. Es ist wieder ganz still. Nur der Wecker in der Tasche ist laut zu hören. „Oh Gott, steh' uns bei, da ist wirklich eine Bombe drin. Ich kann sie ticken hören", flüstert der angetrunkene Fahrgast und wird ganz blass. Klaus-Erich redet unbeeindruckt und mit fester Stimme weiter: „Die Bombe wird in einer Stunde in die Luft gehen, nämlich genau zu dem Zeitpunkt, an dem ich eigentlich Feierabend gehabt hätte und alleine im Bus gewesen wäre. Das Leben ist für mich sinnlos geworden, müssen Sie wissen. Ich will es nicht mehr." Seine Stimme droht umzukippen. Dann fängt er sich wieder: „Der Provokation dieses jungen Mannes hier haben Sie es zu verdanken, dass ich meine Pläne geändert habe. Sie alle werden mich auf meiner Reise ins Jenseits begleiten. Wie soll ich dort drüben schließlich ohne Fahrgäste auskommen?" Klaus-Erich lacht hysterisch. „Sie können mir das übrigens ruhig zutrauen. Ich habe nämlich schon einmal jemanden abgemurkst."

Niemand im Bus rührt sich. Alle starren ihn an. Voller Angst. Eine junge Frau beginnt leise zu weinen. Klaus-Erich überkommt ein Gefühl des Triumphes. Endlich, endlich wird er ernst genommen. Und dabei gab es sie gar nicht, die Bombe. Aber woher sollten sie das auch wissen! „So", sagt er und setzt sich wieder hinter das Lenkrad. „Und nun werden wir weiterfahren, bis es so weit ist. Sicherlich werden Sie Verständnis dafür haben, dass ich keine weiteren Haltestellen mehr bedienen kann." Blutüberströmt setzt Klaus-Erich die Fahrt fort. Er behält die Fahrgäste im Rückspiegel im Auge. Ein junger Mann versucht verzweifelt zu telefonieren. „Keine Handys, bitte!", ruft Klaus-Erich fröhlich quer durch den Bus und deutet mit dem Finger auf ein Schild über ihm. „Sie sehen doch, was hier steht. Ich muss doch wohl nicht erst richtig böse werden?"

„Linie 131, bitte melden." Das ist die Leitstelle. Also hat man sich schon über ihn beschwert. Das ging aber schnell. „Hallo Egon, hier 131." „Klaus-Erich? Was ist los bei dir? Warum fährst du keine Haltestellen mehr an?" „Hör mir jetzt einmal gut zu, Egon. Hier ist eine Kleinigkeit vorgefallen. Sag' bitte weiter, dass Klaus-Erich nicht mehr anhalten und keine Fahrgäste mehr aufnehmen wird. Nie mehr, verstehst du? Das ist meine letzte Fahrt. Wir werden uns nicht wiedersehen. Ich mache Schluss. Sag' allen einen schönen Gruß von mir. Und tu mir noch einen Gefallen: Gratuliere bitte Erwin von mir zum Geburtstag. Ich hätte gern ein Gläschen mit ihm getrunken, aber ich muss mich jetzt um meine Fahrgäste kümmern, um meine letzten ...!"

„Aus aktuellem Anlass unterbrechen wir unser Programm. Wie wir soeben erfahren haben, ist in Hannover ein Linienbus gekidnappt worden, und zwar offensichtlich von dem Busfahrer selbst. Der zweiundfünfzigjährige Klaus-Erich D. galt bisher als unauffällig. Was diesen offensichtlichen Blackout ausgelöst haben könnte, ist zur Stunde noch nicht bekannt. Wir halten Sie auf dem Laufenden. Der Polizei ist es offensichtlich gelungen, den Bus zu stoppen. Sie bittet darum, den Bereich Maschsee-Stadionbrücke weiträumig zu umfahren."

Dagmar Seidel-Raschke

Dagmar Seidel-Raschke, geboren 1955 in Werdohl im Sauerland, lebt heute in Pattensen. Sie ist verheiratet, hat ein Kind und ist als Chefsekretärin bei der NÜRNBERGER Versicherung in Hannover tätig.

Meine geliebte Pauline
Karin Speidel

Ist das Leben nicht schön? Pauline und ich sitzen hier unter einem schattigen Kastanienbaum in dieser herrlichen Parklandschaft und genießen den 5-Sterne-Luxus des Hauses. Das Anwesen ist groß und gut besucht. Hier wird der Service und die Sicherheit sehr groß geschrieben. Nicht wie in anderen Absteigen, wo jeder ein und aus gehen kann und niemand interessiert sich dafür. Hier ist alles ganz anders. Alle Augenblicke kommt jemand vom Personal vorbei und fragt uns nach unserem Befinden und ob wir noch etwas benötigen. Wirklich phantastisch! Ich nippe an meinem Orangensaft und meine Gedanken gehen zurück an jenen schicksalhaften Tag in Hannover, als ich meiner geliebten Pauline begegnete.

Ein lukrativer Auftrag führte mich in die Landeshauptstadt von Niedersachsen, eine Stadt, die ich vorher nicht kannte, die aber, wenn man sie erstmals kennen gelernt hat, nicht mehr loslässt. Dieser besagte Auftrag war „Mord". Was ich beruflich mache? Ich bin „Killer" von Beruf. Ich töte für Geld. Ja, so wie andere Leute ihre Brötchen mit Putzen oder dem Servieren von Speisen verdienen, verdiene ich durch den Tod. Ganz gut sogar. Könnte ich mir sonst die Luxusherberge leisten?

Natürlich ist Diskretion oberstes Gebot in meiner Branche und die Namen meiner Auftraggeber werde ich auch unter Folter nicht verraten. Ehrenwort. Meine Auftraggeber sehe ich nur einmal bei der Geldübergabe. Sie weisen mich kurz in das häusliche Umfeld ein und ich erledige dann den Rest ...

Ich lebe ausschließlich von der guten Mundpropaganda meiner Kundschaft, ohne diese könnte ich glatt einpacken. Männer als auch Frauen nehmen meine Dienste in Anspruch. Aber ich kann aus meiner langjährigen Erfahrung sagen, dass es überwiegend Frauen sind, die andere aus dem Weg räumen lassen.

Es sind Frauen, die durch Familie, Beruf und Haushalt irgendwann den Überblick verloren haben und sich dann von dem „Übel" erlösen lassen wollen. Hier trete ich in Erscheinung. Nun aber wieder zurück zu jenem Tag, als ich den Auftrag in Hannover annahm. Meine Auftraggeberin hatte als Treffpunkt die Uhr am Kröpcke um zwölf Uhr genannt – unweit vom frisch renovierten Bahnhof Hannover. Es war ein warmer, um nicht zu sagen heißer Tag im Juni, als mein Zug um 11.15 Uhr am Hauptbahnhof ankam. Leider kann ich nicht sagen, von wo ich abgefahren bin, denn es könnte meine Spur zurückverfolgt werden und Verschwiegenheit und Anonymität sind alles in meinem Job. Ich stieg aus dem Zug aus und machte mich auf den Weg. Langsam durchquerte ich das Bahnhofsgebäude. Es wirkte hell und klassisch modern. Überhaupt nicht schmuddelig wie manch anderer Bahnhof, den man so im Laufe seines Lebens zu sehen bekommt. Ich trat aus dem Gebäude und blickte auf eine lebendige, liebenswerte und moderne Stadt. Meine Auftraggeberin (nennen wir sie Frau X.) hatte mir genau beschrieben, wo ich lang gehen sollte, um zum Kröpcke zu kommen, und es dauerte nur ein paar Minuten und ich war am Ziel. Es schien ein bekannter Ort zu sein, denn es stand eine Menge Menschen an der Uhr herum, sie warteten wohl darauf, jemanden zu treffen oder abgeholt zu werden. Ob eventuell ein Berufskollege darunter war?

Mein Blick schweifte umher. Ich sah ein Mövenpick-Restaurant, jede Menge Bekleidungsgeschäfte, einen Kiosk und eine große Buchhandlung. Ich begann die Überschrift des Buchgeschäftes zu lesen ... Schmor – weiter kam ich nicht, denn es tippte mir jemand auf die Schulter, und wenn ich eines nicht leiden kann, dann ist es auf die Schulter getippt zu werden. Wütend drehte ich mich herum und sah in ein Paar smaragdfarbene Augen.

Umrahmt wurden diese Augen von einem elfenbeinfarbenen Gesicht mit zarter ebenmäßiger Haut und lustigen Sommersprossen. Eine rote wilde Mähne umgab dieses schöne Gesicht, aber auch der Rest konnte sich sehen lassen. Ihr schlanker Körper wurde von einem olivgrünen Hosenanzug umhüllt. Sie hatte eine weiße Strickjacke locker um die Schulter gelegt. Dieses unbeschreiblich gut aussehende Wesen lächelte mich an und öffnete die Lippen. Ihre Stimme war hell und klar. „Sind Sie Herr ...“ Ich unterbrach sie abrupt. „Pst, bitte nennen Sie keine Namen, Frau X.“ So nenne ich alle meine weiblichen Kunden, damit sich keine große Vertrautheit zwischen mir und meinen Auftraggeberinnen entwickelt. Bei dieser Kundin würde ich allerdings eine Ausnahme machen. Sie nickte verständnisvoll und senkte ihren Blick zu Boden. „Entschuldigen Sie bitte, wie unachtsam von mir.“ „Das macht gar nichts“, entgegnete ich der weiblichen Schönheit. „Nennen Sie mich einfach Willi.“

„Willi? Willi“, hauchte sie, „Willi, wie der Freund der Biene Maja.“ Sie blickte mir tief in die Augen, lächelte und zeigte mir zwei Reihen perlweißer Zähne. Mann, war das ein heißer Käfer, dachte ich so in Gedanken ...

Ich räusperte mich und musste mir wirklich Mühe geben, geschäftlich zu klingen. „Haben Sie das Geld dabei“, fragte ich in näselndem Geschäftston. Sie nickte. „Wie Sie es wünschten, Willi – in kleinen gebrauchten Scheinen.“ Ich nahm den braunen Umschlag und warf meinen geschulten Geldzählblick hinein und steckte den Umschlag unauffällig ein. Es war die ausgemachte Summe. „Willi“, sagte sie leise, „Sie haben wirklich ungewöhnliche Geschäftsmethoden, wirklich ungewöhnlich ... Was mich aber noch brennend interessieren würde“, und ihre Stimme wurde ganz leise – fast geräuschlos. „Wie werden Sie „es“ machen?

Also bitte, nun war die Katze aus dem Sack. „Mit Gift“, antwortete ich trocken. „Um genau zu sein, ist es meine Spezialmischung, die sich absolut bewährt hat. Schnell, effizient und fast schmerzlos. Das Opfer“, dabei blickte ich ihr tief in die grünen Augen, „das Opfer merkt so gut wie gar nichts.“

Ich bin ein Profi – durch und durch. Ich weiß, dass etliche meiner Kollegen die Holzhammermethode bevorzugen. Für mich ist das aber nichts, wenn überall das Blut vom Opfer herumspritzt und ich am Ende auch noch die Sauerei wegmachen muss. Nein danke ...

Es wurde still um uns herum, obwohl wir im Gewühl der vielen Menschen waren. Ich weiß, dass fast alle meine Kunden mit dem ganzen Drumherum nichts zu tun haben wollen. Sie erwarten saubere Arbeit und diese saubere Arbeit bin ich bereit abzuliefern – gegen entsprechendes Entgelt natürlich. Frau X. sagte nichts mehr. Ihr Bedarf an Informationen bezüglich meiner Arbeit schien vorerst gedeckt zu sein. Unweit vom Opernhaus hatte sie ihren alten VW Käfer geparkt. Es war ein interessantes Modell mit aufgemotzten breiten Reifen und statt eines schwachen VW-Motors war eine Porsche-Maschine eingebaut worden. Die roten Ledersitze leuchteten von weitem und das außergewöhnliche an diesem Gefährt waren die schwarzen Punkte auf rotem Farbuntergrund. Es sollte wohl einen Marienkäfer darstellen. – Sehr originell. – Da das Auto auch noch ein Cabriolet war, reckten sich alle Köpfe nach dem Fahruntersatz. Wir stiegen ein und sie brauste davon, als ob der Teufel hinter ihr her wäre. Ich als Mann möchte mich über die Fahrkünste von Frauen nicht äußern, aber diese Frau fuhr wirklich gemeingefährlich. Alle Ampeln die wir überquerten, waren entweder gelbrot oder rot. Ein paar Mal blitzte es aus einem der in Hannover wohl nicht wenigen Starenkasten – was Frau X. nicht im Mindesten störte.

Wir fuhren entlang des Maschsees durch Waldhausen an der Eilenriede vorbei Richtung Kirchrode. Dort am Tiergarten wohnte sie in einer großen weißen Villa direkt im Grünen. Mit quietschenden Reifen hielt sie vor einem Prachtgebäude aus dem 19. Jahrhundert an. Es war ein schöner großer Rosengarten zu sehen, der seinesgleichen sucht. Die Rosen waren gerade in voller Blüte und es roch betörend nach den Blumen. Am Haus wuchs wilder Wein in die Höhe, und ein großer Balkon mit Liegestühlen und einem Sonnenschirm im gelbweißen Muster war perfekt dem Stil des Hauses angepasst. Ja, überlegte ich für mich, hier könntest du auch leben. Es war aber auch das richtige Domizil für die Lady am Steuer – keine Frage. Ein schönes Viertel mit etlichen dieser Villen und wunderbaren Grünanlagen. „Hier wohnen mein Mann, meine Schwiegermutter und meine Wenigkeit. Mein Mann ist Arzt, um genau zu sein Nervenarzt. Er leitet eine psychiatrische

Klinik unweit von hier. Leider ist er selten zu Hause, immer hat er besondere Fälle zu therapieren oder wissenschaftliche Forschungen beziehungsweise Arbeiten zu machen. Er sollte mal lieber seine Mutter in Behandlung nehmen. Sie ist ein echtes Biest und bedürfte seiner Hilfe." Sie lachte laut und zwinkerte mir zu. „Und wie steht es mit Ihnen, Willi? Brauchen Sie auch eine Behandlung von meinem Mann?"

„Nein, vielen Dank Frau X. Ihr Mann scheint sich aber die Arbeitstechnik der Ameisen abgeschaut zu haben." Über diesen Vergleich mussten wir beide herzhaft lachen. „Oh, wie Recht Sie haben, Willi." Sie erzählte mir noch ein wenig über ihre unmögliche Schwiegermutter, der man überhaupt nichts Recht machen könne und ihr hübsches Gesicht verdunkelte sich zunehmend. Vielleicht, dachte ich so für mich, sollte man einen Appell an alle widerlichen Schwiegermütter anbringen, sonst könnte es doch sein, dass man sich ihrer eines Tages entledigen wird ...

Sie übergab mir den Haustürschlüssel und erklärte mir, wo sich die einzelnen Räumlichkeiten im Hause befanden. „Die Villa ist ziemlich groß. Einmal falsch abbiegen und Sie landen im Schlafzimmer meiner Schwiegermutter." Sie schmunzelte. „Wenn Sie in das Haus rein gehen, ist zuerst die große Diele, die Sie sehen werden. Von der Diele führen fünf Räumlichkeiten ab. Die erste Tür rechts ist das Arbeitszimmer meines Mannes, die zweite Tür rechts ist das Wohnzimmer mit angeschlossener Bibliothek. Geradeaus befindet sich die Küche mit anschließenden Lagerräumen. Links ist mein Salon und unser Besucherzimmer – dort, wo wir offiziell Gäste empfangen. Oben sind die Schlafgemächer und oben wohnt auch noch unser Hausdrachen – das Biest. Nein, Spaß beiseite, dort lebt noch die Mutter meines Mannes. Ich hoffe, ich habe nichts vergessen. Personal haben wir keines. Unsere Putzfrau kommt jeden Tag außer sonntags, aber auch nur vormittags. Wenn Sie alles erledigt haben, werfen Sie bitte den Schlüssel in den Briefkasten. Ich hoffe, dass Ihr Gift keine Spuren hinterlassen wird, so dass wir auch nach Ihrer Arbeit noch darin wohnen bleiben können, Willi."

Während sie sprach, hatte sie ihre Hand so fest um das Lenkrad geklammert gehalten, dass die Knochen weiß hervorragten.

„Ich werde solange bei meiner Nachbarin bleiben." Sie hob ihre linke Hand und zeigte in Richtung einer nicht minder kleinen Villa. Diese war durch einen riesigen schmiedeeisernen Gartenzaun umrahmt und sah aus wie eine unbezwingbare Festung. „Hier wohnt meine Freundin Claudia. Sie ist Rechtsanwältin – eine der besten Strafverteidigerinnen in ganz Norddeutschland. Falls Sie mal Ärger bekommen sollten, Willi, kann sie Ihnen sicherlich helfen."

Wieder zwinkerte mir Frau X. unverschämt zu. Immer diese Anspielungen. Wahrscheinlich eine Eigenschaft von Frauen ...

Na bitte, sie wollte sich ein gutes, wasserdichtes Alibi sichern, so wie alle meine Auftraggeber zuvor. Warum sollte diese schöne Frau anders sein als andere Menschen? Ich hatte Verständnis für sie. Wer möchte schon mit „Mord" in Verbindung gebracht werden. Nein, niemand möchte mit Tod und Leid in Berührung kommen. Sie riss mich wieder aus meinen Gedanken. „Wenn alles gut geht, werde ich Sie weiterempfehlen." Sie machte eine lange Pause. „Ich kenne eine Menge Leute, die Ihre Dienstleistung eventuell in Anspruch nehmen wollen." Frau X. drehte sich bei den Worten um. „Keiner möchte damit hausieren gehen – mit diesem Problem." Ich nickte. Dann gab sie Gas und der Motor heulte auf – es wurde Zeit, meinen Job zu erledigen ...

Mit bedächtigen Schritten ging ich durch den wunderschönen Garten auf die Villa zu. Wenn alles klappte, könnte ich mir nach getaner Arbeit ein Taxi nehmen, zum Bahnhof fahren und den Zug um 17.05 Uhr nach Hause nehmen. Es kam allerdings alles ganz anders.

Der Schlüssel passte problemlos in das Schloss. Schnell schlüpfte ich in das Haus hinein und stand, wie Frau X. es sagte, in der großen Diele. Mann, war das eine Hütte!

Große lederne Clubsessel standen in der Mitte des Flures und überall waren antike Möbel. Ein riesiger Kronleuchter war das Herzstück. Schwungvoll führte eine breite, mit rotem Läuferteppich ausgelegte Treppe in den oberen Wohnbereich. Diese Menschen hatten eine Menge Kohle zur Verfügung. Ich musste mich wieder auf meine Arbeit konzentrieren. Mein Weg führte geradeaus. Ich durfte keinen Laut von mir geben, sonst würde ich mich verraten. Je geräuschloser, desto besser. Meine Hand zitterte leicht, als ich die Türklinke herunterdrückte. Nicht nur ich hatte Angst – nein, ich spürte die Furcht überall im Haus.

Mein Puls raste. Das Adrenalin strömte durch meinen Körper. Ich war in Alarmbereitschaft und öffnete langsam die Tür.

Mensch, Junge, mach bloß nicht schlapp, redete ich mir gut zu. Wahrscheinlich ahnte ich damals schon, dass dies mein letzter Auftrag werden würde.

Sie saß wie eine Diva auf dem Küchentisch, als ich sie das allererste Mal sah. Unsere Blicke trafen sich und es war Liebe auf den ersten Blick. Das Gift, welches ich in der linken Hand hielt, fiel zu Boden. Auch spürte ich sofort, dass sie meine Liebe erwiderte. Ja, ich hatte die Liebe meines Lebens gefunden – meine Pauline. Sicherlich eine ungewöhnliche Liebe, aber wer kann sich das schon aussuchen? Niemand. Und Liebe ist und bleibt nun mal Liebe. Ich konnte Pauline nicht umbringen, auch wenn ich dafür bezahlt worden war. Dieses wunderschöne Wesen einfach ermorden, nur weil sie im Weg war – oh nein, ohne mich. Ich rief uns ein Taxi und wir verließen die piekfeine Villa, wo Pauline nicht mehr erwünscht war und fuhren zum schönen Maschsee. Der See liegt mitten in Hannover und hat schöne Lokale und Cafés zu bieten. Wir setzten uns in ein Lokal, das Pier 51 hieß, und bestellten uns zwei Campari Orange. Pauline und ich hatten uns eine Menge zu erzählen, und so verging Stunde um Stunde.

Pauline sah wirklich gut aus, und so verwunderte es mich auch nicht, dass die Leute um uns herum uns interessiert, ja fast neugierig anschauten. Wir waren halt einfach ein schönes Paar. Meine letzte Auftraggeberin Frau X. und ihr Ehemann, der Nervenarzt, waren wohl auch Stammgäste im Pier 51 – auf jeden Fall kamen die beiden auf Pauline und mich zu. Sie setzten sich zu uns an den Tisch, und wir waren uns alle sofort sympathisch. Frau und Herr Dr. X. luden Pauline und mich ein, noch ein paar Tage in Hannover zu bleiben.

„Für Verpflegung und Unterkunft ist gesorgt, Willi und ihr beiden Süßen könnt euch mal so richtig entspannen, na wie wär's?" Frau X. lächelte mich an. Wer kann da schon nein sagen …?

Die Unterkunft ist die psychiatrische Klinik von Herrn Dr. X. mit großem Park (Pauline braucht das Grün). Es gibt nettes Personal, welches sich wirklich rührend um uns kümmert. Hin und wieder kommt Frau X. zu Besuch und wir plaudern über alte Zeiten. Vor allen Dingen freue ich mich über die ergiebigen Gespräche mit Herrn Dr. X., dem Nervenarzt. Er versucht mir immer weiszumachen, dass ich eigentlich ein gewöhnlicher Kammerjäger bin und ich mich nicht als Profikiller ausgeben darf. Außerdem sagt er, dass Pauline eine gewöhnliche Küchenschabe sei und ich doch als Schädlingsbekämpfer Küchenschaben töten müsste und mich nicht in diese verknallen solle.

Im Grunde genommen weiß ich das auch, aber mir gefällt es nun mal hier in Hannover mit den netten Menschen, der schönen Parkanlage sowie dem 5-Sterne-Luxus dieses Hauses, und deshalb habe ich mich entschlossen, noch ein Weilchen zu bleiben ...

Karin Speidel

Karin Speidel, wohnhaft in Rinteln, ist 38 Jahre und als Hotelfachfrau tätig. Ihre Hobbys sind Lesen, Schreiben und Faulenzen.

Tod über der Ihme

Jörg Aehnlich

Hauptkommissar Heiner Rährmann blickte gegen die aufgehende Herbstsonne in Richtung Lodemannbrücke. Feuerwehrmänner waren gerade damit beschäftigt, einen leblosen Körper, der über ihm von der Brüstung hing, nach oben zu ziehen. „Was haben wir?", fragte Rährmann noch etwas verschlafen einen der eingesetzten Streifenbeamten.

„Sonntag, den zwanzigsten Oktober, sieben Uhr dreißig", erwiderte dieser.

„Nicht schlecht", dachte Rährmann – die blöden Sprüche gehörten nämlich sonst zu seinem Ressort. „Ich meine natürlich den Typen, der da oben an der Brücke hängt?"

„Ach den! Der wurde vor ungefähr einer Stunde von einem Jogger gefunden. Die Kollegen von der Spurensicherung sind schon fertig. Wir ziehen ihn jetzt hoch."

Der junge Beamte übergab Rährmann einen durchsichtigen Plastikbeutel. Es musste sich bei dem Inhalt um die Brieftasche des Toten handeln.

„Jochen Bergmann, siebenundvierzig Jahre, trägt einen Ausweis des Stadtverwaltungsamtes bei sich. Lag da vorne im Gras."

Er steckte die Tüte wortlos in seine Innentasche und kletterte auf den kleinen Deich, der links und rechts der Ihme verlief, um ihr bei Hochwasser ein breiteres Flussbett zu bieten und auf seinen kräftigen Schultern den roten Koloss von Brücke trug. Der Tote lag bereits auf dem Asphalt und der herbeigerufene Notarzt war damit beschäftigt den Mann zu untersuchen, um den Totenschein auszustellen.

„Und, Herr Doktor, Selbstmord?", fragte Rährmann mit fast flehendem Blick den Mediziner.

„Ich bin zwar nicht Quincy, aber dass jemand sich nach einem Kopfschuss zur Sicherheit auch noch selbst erhängt, kann ich so gut wie ausschließen."

Rährmann musste feststellen, dass außer ihm wahrscheinlich jeder an diesem Tatort bereits einen kleinen Clown gefrühstückt hatte. Er war aber einfach zu müde, um sich die üblichen Rededuelle zu liefern, für die er überall bekannt war.

„Ich bekomme ja dann Ihr Protokoll", murmelte er und schritt langsam über die Brücke. Er blickte nachdenklich in die Leinemasch, über der sich der Frühnebel langsam senkte.

Auf dem Rückweg zur Dienststelle beschloss er die Ehefrau des Opfers aufzusuchen. Viele Kollegen scheuten sich davor, eine Todesnachricht zu überbringen, doch er hatte die Erfahrung gemacht, dass man in diesen Momenten viele Informationen sammeln konnte, die für weitere Ermittlungen entscheidend sein können. Frau Bergmann war nicht halb so überrascht wie er, als sie ihm mit den Worten „Sie sind von der Polizei? Hat er sich etwas angetan?", die Tür öffnete. Die Witwe berichtete ihm, ohne dass er viele Fragen stellen musste, von dem Verhalten ihres Mannes in den zurückliegenden Wochen. Er sei zunehmend depressiver geworden, habe kaum noch mit ihr gesprochen. Jedes Mal, wenn sie versuchte das Thema darauf zu lenken, habe er wortlos das Haus verlassen. So auch am gestrigen Abend. Rährmann lauschte aufmerksam ihren Worten, obwohl das Schweigen sonst nicht zu seinen herausragenden Eigenschaften gehörte.

Zurück in seinem Büro studierte Rährmann zuerst das Notarzteinsatzprotokoll. Zwar konnte es noch nicht mit den Informationen aufwarten, die er nach einer Obduktion zu erwarten hätte, doch gingen bereits einige interessante Details daraus hervor. Der Notarzt kam aufgrund von Leichenflecken, die er auf dem Rücken des Opfers gefunden hatte, zu dem Schluss, es müsse bereits mehrere Stunden tot auf dem Rücken gelegen haben, bevor man den leblosen Körper an die Lodemannbrücke hängte. Er machte sich Gedanken über das weitere Vorgehen in diesem Mordfall. Im Fernsehen würde jetzt wahrscheinlich die Tür aufgehen und ein unterwürfiger Inspektor trüge ein kriminaltechnisches Universalgutachten herein, auf dem er nur noch den Namen des Mörders gegenzeichnen müsste. Dem war im echten Leben leider nicht so. Hier war er der Leiter einer Mordermittlung, und deswegen war es seine Aufgabe eine Kommission zusammenzustellen. Er klemmte sich hinter das Telefon und teilte die Kollegen ein, deren Aufgabe es war, im Umkreis des Opfers und möglicher Verdächtiger zu ermitteln und ihn mit den nötigen Informationen zu versorgen. Nachdem alles in die Wege geleitet war, legte er das Protokoll des Arztes in den Aktendeckel und schlug ihn zu. Doch eins ging im nicht aus dem Kopf: die merkwürdige Begrüßung von Bergmanns Frau.

Als er am Montagmorgen die Räume auf dem Hanomag-Gelände betrat, waren die meisten seiner Kollegen bereits im Dienst. Die üblichen Liebesschwüre an die Dame im Geschäftszimmer, die gewohnten nett gemeinten Beleidigungen an die Kollegen hinter dem Funktisch. Da mit den ersten Berichten aus der Kriminaltechnik des LKA frühestens ab Mittwoch zu rechnen war, wollte er sich zunächst um Bergmanns Kollegen- und Bekanntenkreis kümmern. Er hatte sich von der Frau einige Namen nennen lassen. Sein erstes Ziel an diesem Morgen sollte das Stadtverwaltungsamt sein.

Die Männer und Frauen auf den Fluren von Bergmanns Abteilung sahen ihn misstrauisch an. Entweder hatten sie es in der Zeitung gelesen oder bereits Kontakt mit der Witwe gehabt. Er fragte sich zu Walther Holpert durch, Leiter der zehnköpfigen Planungsabteilung und Bergmanns Chef. Dieser begrüßte ihn mit den Worten: „Sie müssen Kommissar Rährmann sein, Frau Bergmann hat mich bereits unterrichtet."

„Hauptkommissar, Herr Holpert!"

„Dr. Holpert, Herr Hauptkommissar!"

„Nachdem wir die Formalitäten geklärt haben, würde ich gern ein paar Fragen an Sie richten", begann Rährmann das Gespräch, während er Dr. Holpert in die Schublade "Legt-viel-Wert-auf-Äußerlichkeiten" steckte. Das mochte vielleicht etwas voreilig sein, aber Schubladen ließen sich ja bei Bedarf auch noch mal umräumen.

„Wo waren Sie in der Nacht von Freitag auf Samstag?"

„Was wollen Sie denn damit sagen?"

Holpert sprang derart plötzlich aus seinem Bürostuhl, dass er diesen mit den Kniekehlen raketenartig in den Raum hinter ihm katapultiert hätte, wenn dort nicht eine Wand gewesen wäre. So prallte der Stuhl genauso raketenartig von der Wand zurück und Holpert saß genauso plötzlich wieder vor Rährmann, wie er aufgesprungen war.

„Tolles Kunststück", lobte Rährmann. „Könnten Sie vielleicht jetzt meine Frage beantworten", schlug er in ruhigem aber sichtlich amüsierten Tonfall vor.

„Ich dachte, es handelt sich um einen Selbstmord, warum fragen Sie dann nach meinem Alibi?"

„Hatte er denn einen Grund sich umzubringen?"

Auch Dr. Holpert berichtete von den starken Depressionen, unter denen Bergmann in der letzten Zeit zu leiden schien. Wie Frau Bergmann hatte auch er keine Erklärung dafür. Rährmann verzichtete darauf, Dr. Holpert von den wahren Todesumständen zu berichten, es hatte sich noch immer ausgezahlt, ein paar Informationen in der Hinterhand zu haben.

Nachdem er weitere Details über Bergmanns Arbeit und einige Kollegen, zu denen er engere Kontakte pflegte, erfahren hatte, verabschiedete er sich von Dr. Holpert. Auf dem Weg zu seinem Auto klingelte sein Handy und er meldete sich mit den Worten: „Weichenstellwerk der Deutschen Lufthansa, Rährmann, guten Tag."

Sein Kollege Weitna ließ sich dadurch nicht aus der Ruhe bringen, denn solche Begrüßungen hatte er schon einige hundert Male gehört.

„Heiner, du solltest auf die Dienststelle kommen. Im Fall Bergmann ist heute beim Oberbürgermeister ein Erpresserschreiben eingegangen. Die Stadt soll eine Million Euro bezahlen, wenn sie nicht noch andere Beamte verlieren will. Die Kollegen vom Revier Schützenplatz holen das Schreiben gerade ab."

„Danke für deinen Anruf, Michael, ich bin in zwanzig Minuten da."

Das war es also, eine Erpressung. Das würde auch die demonstrative Zurschaustellung der Leiche erklären. Wahrscheinlich diente dies dazu, die Forderungen zu unterstreichen. Nur fiel es natürlich auch Rährmann auf, was für ein großer Zufall es war, dass der Täter ausgerechnet einen Beamten aufhängte, bei dem niemand von einem Selbstmord überrascht war. Als Rährmann auf den Parkplatz des Hanomag-Geländes einbog, kam ihm der Funkwagen bereits entgegen, dessen Fahrer vermutlich das Schreiben abgeliefert hatte. Er betrat die Diensträume und ging schnurstracks in das Büro seines Kollegen Michael Weitna. Dieser legte gerade den Telefonhörer auf.

„Heiner, gut dass du kommst. Ich habe eben mit dem LKA telefoniert, wir können das Schreiben gleich zur Schreibmittelbestimmung und Fingerspurensuche rüberschicken. Wegen einer DNA-Analyse rufe ich noch den zuständigen Staatsanwalt an. Sie werden uns auch einen Profiler zur Verfügung stellen, er meldet sich dann bei dir."

Rährmann nahm die transparente Spurensicherungstüte, in der sich das Schreiben befand, in die Hand.

„10 kleine Stadtbeamte taten Arbeit scheu'n, einer hat sich aufgehängt, da waren's nur noch neun. Wenn Sie die nächste Strophe nicht interessiert, zahlen Sie 1 Million Euro gemäß der umseitigen Anweisung."

Auf der Rückseite erkannte Rährmann einen Kartenausschnitt des Deisters, ein Gebirgszug, der in der Kreidezeit entstanden war und im Süden der Region Hannover den Ausgangspunkt zur norddeutschen Tiefebene bildete. Darunter standen Datum und Uhrzeit, zu der – auf ein Leuchtsignal hin – das Geld aus einem Flugzeug zu werfen ist. Als Zeit war der späte Abend des 22. Oktober angegeben, also morgen.

Er war verwirrt, irgendetwas störte ihn an dieser ganzen Entwicklung des Falles. Und besonders an dem Erpresserschreiben. Es ergab für ihn kein rundes Bild. Einerseits deutete diese Erpressung auf eine zufällige Wahl des Opfers hin, andererseits schien das Los mit voller Absicht auf die zehnköpfige Planungsabteilung gefallen zu sein. Er fragte sich, ob die Erpressung nur ein persönliches Motiv verschleiern sollte oder der Täter womöglich versuchte, das Angenehme mit dem Nützlichen zu verbinden.

Weitna hatte in der Zwischenzeit den Papierkram für die kriminaltechnische Untersuchung erledigt und einen Kurier angefordert. Bis zur Übergabe hatten sie noch einiges zu erledigen.

Die Geldübergabe war gescheitert. Zwar wurden alle Zufahrts-
straßen zum Deister bereits seit den frühen Morgenstunden
unauffällig überwacht und alle Autokennzeichen notiert, doch
gab es weder ein Signal für den Piloten noch sonst irgendeine
Person an diesem Abend, die sich in besonderer Weise verdächtig
gemacht hätte. Da der Deister jedoch neben unzähligen Wander-
wegen, Trimm-dich-Pfaden auch noch mit einer Freilichtbühne,
den Wasserrädern, dem Jagdschloss und einigen Klöstern aufwarten kann, erschien eine lückenlose Überwachung aufgrund
der Touristenströme unmöglich.

Es folgten drei weitere Briefe mit ähnlich markigen Versen
und neuen Terminen zur Übergabe des Lösegeldes. Der Über-
gabeort wechselte von Schreiben zu Schreiben. Mal am Benther
Berg, dann wieder in den Wäldern von Fuhrberg und zu guter
Letzt wieder im Deister.

Rährmann war außer sich vor Wut. Schon nach der ersten
gescheiterten Geldübergabe wusste er, dass sie an der Nase
herumgeführt wurden. Er sah sich mehr und mehr in seiner
Vermutung bestätigt, dass die ganze Erpressungsgeschichte nur
zur Ablenkung vom eigentlichen Motiv dienen sollte.

Auch der Profiler Dirk Hamstrat war ihm bislang keine große
Hilfe gewesen. Ständig waren in den vergangenen Tagen Akten
verschwunden, die sich dann auf Hamstrats Schreibtisch wieder-
fanden, ständig benötigte er Zusatzinformationen immer genau
dann, wenn Rährmann gerade eine weitere Spur verfolgen wollte. Darum sah er es auch als reine Zeitverschwendung an, sich
zu so später Stunde wieder einmal mit Weitna und dem Profiler
zusammenzusetzen, aber möglicherweise konnte Hamstrat den
entscheidenden Hinweis liefern.

Hamstrat begann von seinen Ergebnissen der Analyse der vier
Erpresserschreiben zu berichten.

„Aufgrund der Textanalyse komme ich zu dem eindeutigen
Ergebnis, dass alle vier Schreiben von der gleichen Person ver-
fasst wurden."

„Das ist ja ein tolles Ergebnis", warf Rährmann ein. „Das hat
die Kriminaltechnik auch schon lange festgestellt. Es fand bei
allen Briefen das gleiche Papier und eine identische Druckertin-
te Verwendung. Die Suche nach Fingerspuren und DNA-fähigem

Material verlief in allen Fällen negativ. Und was können Sie mir über den Täter anbieten?"

„Die Identifikation von Schreibern aufgrund psychologischer Textanalysen ist ein sehr komplexes Thema. Sie dürfen von solch einer Analyse nicht zu viel erwarten ..."

Hamstrat kam nicht dazu weiterzureden, da ihm Rährmann wütend ins Wort fiel.

„Ich kriege gleich Hörnchen, Sie Psycho! Sie schließen sich eine Woche lang mit all meinen Akten ein und stehlen nicht nur meine Unterlagen, sondern auch noch meine Zeit durch Ihre dusseligen Fragen, und herausgefunden haben Sie de facto überhaupt gar nichts."

Zu Weitna gewandt sagte Rährmann: „Michael, ärgere du dich mit diesem Kerl rum. Ich mache Feierabend und morgen früh drehe ich diesen Dr. Holpert durch die Mangel und dann Bergmanns Frau. Die beiden wissen mehr, als sie bislang zugegeben haben."

Als Rährmann am nächsten Morgen beim Frühstück saß und sich innerlich schon eine Strategie zurechtlegte, mit der er Dr. Holpert weich kochen würde, klingelte sein Handy.

„Pferdefriedhof Stöcken, mein Name ist ..."

„Ja ja Heiner, ist schon recht. Hier ist Michael, die Jungs von der Spurensicherung wurden gerade von der Nachtschicht des Kriminaldauerdienstes angefordert. Da du sowieso die Ermittlung leiten wirst, kannst du auch gleich hinfahren."

„Erstens leite ich gerade eine Mordermittlung, und wo soll ich überhaupt hinfahren?"

„Ins Stadtverwaltungsamt, Dr. Holpert wurde heute früh von der Putzfrau tot aufgefunden!"

Rährmann ließ wie vom Blitz getroffen den Hörer sinken. Er kam sich vor wie in einem Irrenhaus. Er hatte das Gefühl, von Anfang an der ganzen Ermittlung nur hinterherzurennen. Den letzten Bissen seines Brötchens stopfte er sich noch in den Mund, verließ hastig das Haus und fuhr ins Stadtverwaltungsamt.

Er traf dort zeitgleich mit zwei Kollegen der Spurensicherung ein. Die blickten ihn verwundert an.

„Herr Hauptkommissar, was machen Sie denn hier?"

„Ich wollte aus dem Toten eigentlich ein paar Informationen zu einem Mordfall herausquetschen."

„Na dann viel Spaß!", witzelte der zweite Kollege.

Rährmann ging durch die langen Flure direkt zum Büro von Dr. Holpert und er hatte ein Déjà-vu nach dem anderen, als ihn die Mitarbeiter auf dem Gang wieder misstrauisch anblickten.

Im Büro angekommen fand er das Team der Nachtschicht vor: Suzann Aumann, eine hospitierende Kollegin aus der Schweiz und Fred Spatz, wie er ein erfahrener Ermittler.

„Spatz und Aumann, ihr alten Nachteulen! Passt auf, dass ihr nicht zu Staub zerfallt; draußen wird's schon hell", begrüßte Rährmann seine Kollegen.

„Mahlzeit Heiner, so früh auf den Beinen? Ich habe es schon gehört. Normalerweise geht es doch den Leuten schlecht, nachdem du sie verhört hast. Diesen hier hat wohl allein die Vorfreude erledigt."

„Könnt ihr schon was zur Todesursache sagen?"

„Der Doc ist bereits weg. Er tippte aufgrund des Erscheinungsbildes der Leiche auf eine Vergiftung. Deshalb haben wir eine Probe des weißen Pulvers in seiner Hand in die chemische Abteilung bringen lassen und gerade zur Sekunde ein Ergebnis bekommen. Sie haben die Substanz positiv auf Kaliumcyanid, also Zyankali, getestet. Deutet alles auf Selbstmord hin, Genaues natürlich erst nach der Obduktion."

„Ist schon klar", erwiderte Rährmann und streifte sich seine Latexhandschuhe über.

Während die beiden Kollegen von der Spurensicherung begannen die Tür zu untersuchen, nahm sich Rährmann den Schreibtisch vor. Gleich in der obersten Schublade fand er einen sehr interessanten Brief.

„Lieber Dr. Holpert, wenn Sie sich im Ministerium nicht für meine Beförderung stark machen, werde ich mit meinem Wissen zur Polizei gehen. Sie sollten nicht versuchen mit mir zu spielen, ich meine es ernst."

Darunter stand eine Unterschrift, die man ohne große Mühe als „J. Bergmann" entziffern konnte. Das war es also. Bergmann hatte Dr. Holpert erpresst, oder zumindest hatte er es versucht. Mit welchem Wissen auch immer.

Der gesamte Tatablauf nahm vor seinem inneren Auge Formen an. Dr. Holpert hatte Bergmann beseitigt, dann wäre nur logisch, wenn er versucht hätte, das wahre Tatmotiv durch eine weitere Erpressung der Stadt zu verschleiern. Da riss ihn ein Tippen auf die Schulter aus seiner Gedankenwelt. Suzann Aumann sah ihn belustigt an: „Erde an Hauptkommissar, bitte melden."

„Ja! Was gibt es denn? Ich habe nachgedacht."

„Das habe ich gemerkt, schau mal, was ich hier im Papierkorb gefunden habe."

Rährmann erblickte unter einem Joghurtbecher ein Schreiben, welches in Aussehen und Wortlaut dem ersten Erpresserbrief an die Stadt Hannover glich. Der einzige Unterschied war nur, dass dieser Brief ein sehr unleserliches Druckbild aufwies und nach der dritten Zeile abbrach. Da war das fehlende Bindeglied zwischen Dr. Holpert und den fehlgeschlagenen Lösegeldübergaben.

Mit einem Satz stand Rährmann neben Holperts Schreibtisch – dem Computer mit angeschlossenem Drucker neben Holperts Schreibtisch kam plötzlich eine entscheidende Bedeutung zu. Er wandte sich an die Kollegen der Spurensicherung.

„Baut das ganze Computerzeug hier ab. Der Computer geht zur DV-Auswertung, der Drucker und alle Tatschreiben zur Tinten-analyse. Wenn ihr hier noch andere Patronen findet, nehmt sie auch mit. Es scheint, als habe er die Tintenpatrone wechseln müssen."

Endlich kam Bewegung in den ganzen Fall. Doch warum hatte Dr. Holpert das Schreiben Bergmanns nach dem Mord nicht vernichtet? Warum warf er Beweise seiner eigenen Erpressung in den Papierkorb? Und was hat ihn so plötzlich zu einem Selbstmord getrieben? Da hier am Tatort alles in die Wege geleitet war, beschloss Rährmann, wie geplant Bergmanns Frau aufzusuchen. Er konfrontierte Frau Bergmann mit Dr. Holperts Tod und dem derzeitigen Stand der Ermittlungen. Sie sah ihn ungläubig an. Dann brach sie in Tränen aus.

„Frau Bergmann, ich denke, es ist dringend an der Zeit, dass Sie mir sagen, womit Ihr Mann seinen Chef erpresst hat!"

Die Frau blickte erstaunt auf.

„Aber warum sollte denn mein Mann seinen Chef erpressen, er hing doch selber mit drin."

„Wo drin?" fragte Rährmann eindringlich.

„Jetzt kommt es ja auch nicht mehr drauf an. Dr. Holpert und mein Mann haben vor einem Jahr ein kleines Mädchen mit dem Dienstwagen angefahren."

„Und was ist dem Mädchen passiert?"

„Es war tot! Mein Mann und sein Chef haben es in den Wald gezogen und sind weitergefahren. Sie wurden nie erwischt."

„Aber warum haben sie das getan?", fragte Rährmann, der von der Entwicklung des Falles sichtlich überrascht war.

„Dr. Holpert hatte die Abteilung gerade erst übernommen und fürchtete, dass seine Karriere dadurch beendet wäre. Und mein Mann war schließlich nicht nur sein Stellvertreter, sondern er hat zum Zeitpunkt des Unfalls hinter dem Steuer gesessen."

Rährmanns Vorstellung über den Ablauf der Ereignisse war gerade wie ein instabiles Kartenhaus in sich zusammengefallen. Hätte Bergmann seine Drohung wahr gemacht, wäre er selbst wegen fahrlässiger Tötung und Fahrerflucht zur Rechenschaft gezogen worden. Eine Verbindung zwischen den beiden Opfern hatte er nun, davon abgesehen, dass beide in derselben Abteilung ihren Dienst versahen. Sollte auch Holpert einem Mord zum Opfer gefallen sein, musste ein Dritter seine Finger mit im Spiel haben. Rährmann drängte es, auf die Dienststelle zu fahren, um die Akten des Unfalls zu studieren.

Hauptkommissar Rährmann ließ sich vom Verkehrsunfalldienst per Kurier die entsprechende Akte kommen. Er brauchte den Unfall mit dem kleinen Mädchen nicht lange zu beschreiben, der Kollege am Telefon wusste sofort Bescheid. Schließlich kam es nicht oft vor, dass selbst nach einem Jahr der Verursacher eines solchen Verbrechens noch nicht ermittelt war.

Obwohl er sich in den letzten Tagen maßlos über den Profiler Hamstrat geärgert hatte, der seiner Meinung nach die Ermittlungen eher behindert als gefördert hatte, wollte er noch einmal mit ihm sprechen.

„Michael, schick mir mal den Hamstrat her", rief Rährmann aus der offenen Bürotür.

Wenige Minuten später stand Hamstrat in seinem Büro. Rährmann bedeutete ihm, sich zu setzen und unterrichtete ihn nicht nur von den neuesten Entwicklungen, sondern äußerte auch die Vermutung, dass jemand versuchte, den Tod des Mädchens zu sühnen.

Hamstrat kratzte sich nachdenklich am Kinn und sagte schließlich: „Dass die Eltern des Kindes hinter dieser ganzen Geschichte stecken, halte ich für äußerst unwahrscheinlich. Die Wut und Trauer, die Menschen nach der Verarbeitung eines solchen Einschnitts in die Familie in sich aufstauen, entlädt sich in den seltensten Fällen derart plötzlich. Wie soll die Familie die beiden Täter denn ausfindig gemacht haben, der Polizei war es ja auch nicht gelungen?"

In diesem Moment betrat ein uniformierter Kollege den Raum und überreichte Rährmann eine zweibändige Akte zum tödlichen Unfall. Rährmann nahm sich den ersten Teil und gab Hamstrat den zweiten.

„Blättern Sie den Teil mal durch, ob Sie Namen oder Adresse der Eltern des Mädchens finden!"

Eifrig wühlten sich beide durch die Ermittlungsakten. Hamstrat schlug als Erster die Akte zu und legte sie neben Rährmann auf den Tisch.

„Tut mir Leid, Herr Hauptkommissar, in diesem Aktenteil gibt es keinen Hinweis auf die Eltern, und Sie müssen mich jetzt leider entschuldigen, ich habe noch einen wichtigen Termin wahrzunehmen."

Hamstrat verließ den Raum und entschwand den verärgerten Blicken Rährmanns. Er hatte ihn ein wenig stärker in den Fall einbinden wollen. Vielleicht auch als kleine Entschuldigung für den seiner Meinung nach gerechtfertigten, aber dennoch etwas groben Ausbruch.

Als er nach ungefähr zwanzig Minuten das Studium seiner Akte beendet hatte, nahm er sich noch einmal den Band vor, den Hamstrat schon gelesen hatte. Bereits auf Seite vier wurde er fündig. Da stand die Adresse der Mutter und es gab Protokolle von Gesprächen mit ihr. Eben all das, wonach er gesucht hatte. Dieser Hamstrat hatte ihn schon wieder zum Narren gehalten.

Mit der Adresse hastete er aus seinem Büro. „Wo ist Hamstrat, dieser Vollidiot?"

„Der ist vor einer halben Stunde weggefahren", antwortete ihm ein Kollege auf dem Flur.

Der hat sich wohl in den Kopf gesetzt, den Fall auf eigene Faust zu lösen, dachte Rährmann, der ist wohl größenwahnsinnig geworden. Was glaubt der eigentlich, wer er ist?

Michael Weitna konnte Rährmann gerade noch am Arm festhalten. „Warte mal, Heiner, das LKA hat gerade angerufen. Alle vier Erpresserbriefe und auch das Schreiben von Bergmann weisen identische Druckermerkmale auf. Aufgrund der Tintenanalyse können sie eine absolute Übereinstimmung nachweisen. Nur stammen sie nicht aus Holperts Drucker."

„Das hab ich mir gedacht", rief Rährmann und rannte nach draußen.

Die Eltern der kleinen Isabell hießen Farnholt. Er hatte sich den vollen Namen der Mutter aufgeschrieben. Ihr Name war Renate Farnholt, sie wohnte seinerzeit in Ricklingen in der Nähe des Deichtores. Die Aktualität der Adresse zu überprüfen hatte er sich gespart, da sie keine fünf Minuten von seinem Dienstgebäude auf dem alten Hanomag-Gelände entfernt war. In der Gegend kannte er sich gut aus, da sein Vater mit ihm dort lange Spaziergänge gemacht hatte. Immer wieder berichtete er ihm von dem Hochwasser Anfang 1946, als ganz Ricklingen von der Außenwelt abgeschlossen war. Rund fünf Jahre später wurde dann zum Schutz des sogenannten „Alten Dorfes" der Deich gebaut, an dem er jetzt seinen Wagen parkte.

Während er noch an seinen Vater dachte, sah er Hamstrat aus dem Haus kommen und in sein Auto steigen, bevor er mit quietschenden Reifen davonfuhr.

„Dieser Spinner", dachte er, „nur gut, dass ich so schnell hier war. Viel kann er noch nicht kaputt gemacht haben. Aber die Nummer wird ein Nachspiel haben!"

Er betätigte den Klingelknopf, über dem die Umrisse eines Namensschildes zu erkennen waren, das dort einmal angebracht gewesen sein musste. Er brauchte nicht lange zu warten, bis ihm von Frau Farnholt geöffnet wurde. Er hielt ihr seinen Dienstausweis unter die Nase und stellte sich vor.

„Herr Hauptkommissar, das ist aber schön, dass ich Sie mal persönlich kennen lerne", sagte sie zu dem verdutzten Rährmann. „Sie wollen bestimmt zu meinem Mann, aber der ist nicht zu Hause."

„Wo ist Ihr Mann denn und woher kennen Sie mich?"
„Mein Mann hat mir schon viel von Ihnen erzählt, Sie müssen ihn knapp verpasst haben, Dirk ist gerade aus dem Haus."
„Sie meinen Dirk Hamstrat?"
„Ja genau, wir haben nach der Hochzeit jeder unseren Namen behalten. Auch wegen meiner Tochter aus erster Ehe. Aber Sie wissen ja, dass sie vor einem Jahr an der Lodemannbrücke überfahren wurde."
Rährmann wurde schlecht, nun war ihm alles klar. Er hatte die ganze Zeit schon das Gefühl, dass die Entwicklung des Falles ihm immer einen Schritt voraus war. Dafür hatte Hamstrat gesorgt, indem er immer für neue Ereignisse und Spuren sorgte, wenn gerade alles geklärt zu sein schien. Und das nur, um von sich als einzigem Täter abzulenken.
„Wo ist Ihr Mann jetzt, Frau Farnholt?"
„Er bringt seine Computeranlage zur Reparatur. Kurz bevor Sie kamen, hat er sie in sein Auto geladen. Den Computer, die Kabel, den Drucker ..."
Renate Farnholt kam nicht dazu fortzufahren, da rannte Rährmann schon zu seinem Auto. Er wusste genau, wo Hamstrat versuchte, sich der Beweisstücke zu entledigen.

Der silberne Gasbehälter strahlte rot in der Abendsonne, als Dirk Hamstrat sich an seinen Tisch setzte. Er hatte gehofft, die Beweismittel noch rechtzeitig vernichten zu können. Sie hätten ihm nichts nachweisen können, dazu war er zu vertraut mit der kriminalpolizeilichen Arbeit. Ein ganzes Jahr hatte es gedauert, bis er die Schuldigen am Tod seiner Adoptivtochter ausfindig machen konnte, obwohl er sich teilweise Tag und Nacht durch Recherche und Analyse der Ermittlungsakten an das Ende seiner Leistungsfähigkeit begeben hatte. Doch durch Rährmanns Gespür wurde er in letzter Sekunde daran gehindert, die Beweise von der Lodemannbrücke in die Ihme zu werfen – die Beweise dafür, dass er sämtliche Erpresserbriefe geschrieben hatte. Dort, wo vor einem Jahr alles seinen Lauf nahm, hatte es auch enden sollen. Trotzdem blickte er zufrieden in Richtung Sonnenuntergang, als ihm das Abendessen in die Zelle gebracht wurde.

Jörg Aehnlich

Jörg Aehnlich wurde im Mai 1972 in Hannover geboren. Bereits in seiner frühen Kindheit entdeckte er seine Liebe zu Kriminalromanen und -hörspielen. Zum Wintersemester 1992 begann er ein Maschinenbaustudium an der Technischen Universität Hannover. Während dieses Studiums gelang es ihm, seine Kenntnisse der Kriminaltechnik durch eine mehrjährige Tätigkeit bei der Unfallforschung Hannover und einige wissenschaftliche Arbeiten im Bereich der Daktyloskopie (Fingerspurenkunde) zu vertiefen. Seit 2001 ist er als Ingenieur in der Abteilung Forensische Kriminalwissenschaft und -technik des LKA Niedersachsen tätig.

Ein Mordssommer
Manfred Depner

Da schläft wohl noch einer seinen Rausch aus, dachte Mecki und drehte den röhrenden Müllsauger in eine andere Richtung. Eigentlich war es die Aufgabe des Ordnungsdienstes, die Bierleichen nach dem Konzert zu entsorgen, aber in dieser Hinsicht waren die Jungs schludrig gewesen. Na ja, bei dieser Hitze, dachte Mecki. Da ist jeder froh, wenn er endlich Feierabend hat. Andererseits hatten die Kollegen die Veranstaltung gut im Griff gehabt, es hatte kaum Pöbeleien gegeben, und die wenigen Verletzten waren nicht auf Schlägereien zurückzuführen, sondern darauf, dass mehrere Stuhlreihen einer Tribüne zusammengebrochen waren, als die Stones mächtig einheizten und es das Publikum nicht mehr auf den Sitzen hielt. War glimpflich abgegangen.

Ebenso glimpflich wie der Auftritt der Vorband Böhse Onkelz und ihrer Fans. Alles Banane, dachte Mecki und gab dem Müllsauger eine scharfe Wendung. Was hatte man im Vorfeld alles befürchtet! Nichts davon war eingetroffen. Die Onkelz hatten ihren Stiefel gespielt, die Onkelz-Fans waren als brave Neffen und Nichten aufgetreten und anschließend hatten sich die sechzigtausend Zuschauer an den Rolling Stones ergötzt.

So ein Job ist der reine Glücksfall, dachte Mecki. Gut, die Reinigung nach Veranstaltungen dieses Kalibers war nichts für feinsinnige Gemüter. Da waren nicht nur Becher, Dosen, Flaschen, die von den Leuten weiß Gott wie durch die Absperrungen geschleust worden waren, sondern auch Speisereste, die in der Hitze zu stinken begannen, und kubikmeterweise Kotze in Haufen und Lachen. Nichts für die Zarten, nur für die Harten. Aber er war hart genug, und er hatte die Stones gesehen und gehört und, na ja, die Onkelz und vor ein paar Wochen Robbie Williams, auch wenn der nicht ganz sein Fall war. Aber was für eine Show! Und er, Mecki, hatte nicht nur nichts bezahlt, sondern verdiente gutes Geld dabei.

Die Roadies hatten inzwischen die Bühnenaufbauten fast vollständig demontiert. In wenigen Tagen würde die gesamte siebzigtausend Menschen fassende Arena verschwunden sein, und nichts würde auf einem tristen Messeparkplatz in Hannover an die Supermusik und die Wahnsinnsstimmung erinnern.

Nun hilft dir nichts mehr, mein Freund, dachte Mecki, als er sich erneut der Stelle näherte, an der immer noch die Gestalt eines Menschen unter einigen zerrissenen Stones-Postern zusammengerollt lag und sich nicht rührte. Jetzt heißt es aufstehen und den Kater bekämpfen. Lange dunkle Haare ringelten sich unter Mick Jaggers rotem Schmollmund. Das Papier verschwand knisternd und reißend im gierigen Schlund des Saugers.

„Na los, du Penner", schrie Mecki in das Dröhnen des Gerätes, mit dem er die letzten Papierfetzen von dem Körper holte. Eine Frau, dachte Mecki. Ein Mädchen. Ein schönes junges Mädchen. Was zum Teufel … Dann sah er das Blut. Mecki sah das ganze Ausmaß der furchtbaren Verletzungen und Verstümmelungen.

Mecki, der Harte, drehte sich um die eigene Achse und kotzte würgend auf sein Arbeitsgerät.

Als er wach wurde, hatte er noch die letzten Akkorde seines eigenen Schnarchens im Ohr. Er glotzte verständnislos in das grelle schmerzende Licht der Küchenlampe hoch über seinem Gesicht. Seine rechte Hand tastete routinemäßig nach der Schnapsflasche, die üblicherweise auf seinem Nachttisch stand, doch sie griff ins Leere. Er schloss die Augen und ergab sich dem pulsierenden Dröhnen hinter seiner Stirn und in seinen Schläfen. Nach einiger Zeit versuchte er, zunächst auf die Knie und anschließend auf die Beine zu kommen. Nach dem dritten Versuch war er immerhin in der Lage, sich, wenn auch schwankend, an der Tischplatte festzuhalten. Die Übelkeit kam in Wellen. Nicht, dass er sich erbrechen musste. Er war keiner von diesen Weicheiern, die nach ein paar Bieren und einigen Klaren jede Ecke auf dem Nachhauseweg voll sauten. Darauf hatte er sich immer einiges eingebildet. Aber, verdammt noch mal, das half ihm jetzt auch nicht weiter. Er war mal wieder abgestürzt bis zum Gehtnichtmehr. Die hundert Euro für die Stones-Karte waren für den Arsch. In seiner Erinnerung waren der gestrige Tag und die Nacht ein wildes Durcheinander von Lärm, grellen Lichtblitzen, grölendem Lachen und Rempeleien.

Etwas anderes war da noch. Etwas, das ihm Angst machte, weil er nicht in der Lage war, es zu greifen. Während er zum Kühlschrank torkelte, bohrte sich ein verschwommenes Bild in sein Hirn, und es gelang ihm weder, es scharf zu stellen, noch es abzuschalten, was ihm weiß Gott lieber gewesen wäre.

Er goss den Inhalt der ersten Bierflasche in einem Zug durch die Gurgel. Für die zweite Flasche brauchte er drei Minuten. Als er sich mit Mühe an den Wänden entlang ins Bad geschleppt hatte und in den Spiegel sah, begann er mehr zu ahnen als zu verstehen, dass es wieder einmal passiert war. „Verdammtes Arschloch!", brüllte er seinem Spiegelbild zu. Dem Bild eines Mannes mit blutverschmiertem Gesicht, einem blutverkrusteten Bart und einem Hemd, das braun war von eingetrocknetem Blut.

Marianne Hornbach, die von fast allen Kollegen nur „Mia" genannt wurde, eröffnete die Pressekonferenz. Im Gegensatz zu den meisten Polizisten scheute sie den Umgang mit der Öffentlichkeit nicht, im Gegenteil, sie hatte auch während ihrer Zeit im Ermittlungsdienst immer die Nähe zu einigen Journalisten gesucht, die ihr verlässlich erschienen, und die anderen ebenso höflich und offen wie irgend möglich informiert. Sie war selten enttäuscht worden.

Mia war in mancher Hinsicht ein Phänomen, zumindest in den Augen von Kommissar Harmening. Während Leif Harmening in diesem Mordssommer, der aus Hannover einen Glutofen machte, ständig schwitzte und sich klebrig und unsauber fühlte, wirkte Mia kühl, sexy und frisch, und zwar von morgens bis abends. Als sie jetzt zum Podium schritt und sich neben ihn setzte, meinte er, ein leises Raunen der versammelten Journalistenschar zu vernehmen.

„Fangen wir mit den Fakten an", sagte die Pressesprecherin. „Heute Morgen um neun Uhr hat der Mitarbeiter eines Reinigungsunternehmens in dem auf dem Messeparkplatz errichteten Stadion eine weibliche Leiche entdeckt. Alle Anzeichen sprechen dafür, dass die Frau gewaltsam zu Tode gekommen ist. Es handelt sich um eine etwa zwanzig Jahre alte Frau, schlank, circa einmeterachtzig groß, sie hat schulterlanges schwarzes Haar, einen gepiercten Bauchnabel und auf dem rechten Arm ein Tatoo, das einen Schmetterling darstellt. Die Todesursache könnte sich sowohl aus den vorgefundenen Würgemalen am Hals als auch durch die von außen zugefügten Verletzungen im Brust- und Bauchbereich herleiten. Darüber wird die Obduktion Aufschluss geben. Jetzt bin ich und natürlich auch Kommissar Harmening für Ihre Fragen offen", schloss sie.

Eine schlanke blonde Frau Mitte dreißig erhob sich. Mirka Jankitsch von BILD Hannover, wusste Harmening. „Zwei Fragen", rief Jankitsch, um sich in dem aufkommenden Gemurmel Gehör zu verschaffen. „Erstens. So, wie Sie es schildern, scheint es noch nicht bekannt zu sein, wer die Tote ist. Können wir eventuell ein Foto des Opfers bekommen, um bei der Aufklärung zu helfen? Zweitens: Liegt ein Sexualdelikt vor?"

Naja, dachte Harmening, mag ja gut gemeint sein. Fällt aber schwer, daran zu glauben, wenn man sich so manche Ergebnisse ansieht.

„Zu eins", sagte Mia mit ihrer kräftigen Raucherstimme, „es liegt tatsächlich keine entsprechende Vermisstenmeldung vor. Bei der Leiche wurden keinerlei Papiere oder sonstige Hinweise auf die Person gefunden. Wir warten aber noch weitere Untersuchungen ab, ehe wir vielleicht ein Foto freigeben. Zu zwei: Ein Sexualdelikt ist nicht auszuschließen. Doch auch insoweit müssen wir das Ergebnis der Sektion abwarten."

„Sind", fragte der kleine rundliche Reporter der Neuen Presse, „Hinweise auf den oder die Täter gefunden worden?"

„Einige Gegenstände sind sichergestellt worden", sagte Mia. „Es ist noch zu früh, darüber zu spekulieren, ob sie irgendeine Aussagekraft haben."

Fragen und Antworten plätscherten eine Weile dahin, ohne dass Harmening eine Notwendigkeit sah, einzugreifen. Mia machte ihre Sache routiniert und gut. Seine Gedanken schweiften ab und beschäftigten sich mit dem Bild der furchtbar zugerichteten Leiche der jungen Frau. Es ist richtig, dachte er, dass Mia noch nichts von den Bisswunden gesagt hat. Aber daraus ergeben sich vielleicht Hinweise auf den Täter. Wir müssen alle Fälle überprüfen, die ein ähnliches Muster aufweisen. Das kann Dempewolf machen. Der kennt sich mit Computern aus.

Harmening schreckte aus seinen Gedanken auf. Der Reporter des Hamburger Abendblattes, ein geschniegelter Typ, der mit seinem schwarzen Porsche einzufliegen pflegte, wenn er Witterung aufgenommen hatte, ergriff das Wort. „Sind Sie mit mir einig", sprach er salbungsvoll, „mit mir und dem Bundeskanzler, der gesagt hat, solche Typen müssen weggesperrt werden, und zwar für immer?"

Harmening stand auf. „Dazu müssen wir ihn erst einmal haben", sagte er laut und ging aus dem Saal.

Im direkten Vergleich mit Kommissar Leif Harmening wirkte Kriminalinspektor Dempewolf in jeder Hinsicht überdimensioniert. Obwohl Harmening immerhin einsfünfundachtzig maß und, seit er vor zwei Jahren die vierzig überschritten hatte, darum kämpfte, sein Gewicht unter hundert Kilo zu halten, wirkte er neben dem zehn Jahre Jüngeren beinahe schmächtig. An Friedrich Dempewolf war alles eine Nummer größer. Die von ihm nur widerwillig eingeräumten hundertfünfzig Kilo verteilten sich auf eine Länge von gut zwei Metern. Um nicht ständig mit dem Kopf anzustoßen, durchschritt er jede Tür in gebückter Haltung, so dass er auf fremde Beobachter zunächst den Eindruck eines demütigen Menschen machte. Dieser erste Eindruck verflog spätestens dann, wenn er sich auf einem Stuhl niederließ und seinen gewaltigen Oberkörper aufrichtete.

Im Augenblick legte Dempewolf seine großen fleischigen Hände auf Harmenings Schreibtisch.

„Ich habe zunächst an den Nasenbeißer gedacht", brummte er. „Du weißt schon, das war der Kerl, der seiner Geliebten aus Eifersucht den Gesichtserker ramponiert hat. Der war es aber definitiv nicht. Der ist die nächsten zwei Jahre sicher untergebracht. Wäre ja auch zu einfach gewesen."

Dempewolf schnaubte durch die Nase und kratzte das, was der erblich bedingte kreisrunde Haarausfall auf seinem Kopf übrig gelassen hatte.

„Hast du das Tatprofil in den PC eingegeben?"

Im Gegensatz zu Dempewolf hasste Harmening den Umgang mit Computern, obwohl sie aus dem Polizeialltag natürlich längst nicht mehr wegzudenken waren. Arbeitsteilung, dachte er in einem Anflug von Zynismus. Ich denke und Fritz bedient die Technik.

„Es gibt mehr Beißer in der BKA-Datei, als du glauben wirst", sagte Dempewolf. „Die Maschine spuckt knapp dreihundert Fälle für den Zeitraum der letzten fünf Jahre aus. Fünfundsechzig davon kannst du gleich aussortieren, weil die Täter Frauen sind. Wenn man bedenkt, wie häufig es vorkommt, dass eine Frau mit mehr oder weniger Erfolg versucht, ihrem Partner den Penis abzubeißen, könnte man fast die Lust verlieren."

„Mit der Ausrede wirst du bei deiner Christine wohl nicht durchkommen", spottete Harmening und grinste.

Dempewolf lachte. „Da reicht im Augenblick die Hitze." Ernsthaft fuhr er fort: „In den meisten anderen Fällen handelt es sich mehr oder weniger um Bagatellen. Bisse in Ohren, Nasen, Finger und so weiter, meist im Rahmen tätlicher Auseinandersetzungen. Es bleiben fünf besonders schlimme Delikte über, zwei in Hamburg, wo zum einen ein Verrückter versucht hat, seiner Frau die Kehle durchzubeißen, aber der sitzt noch seine Strafe ab. Der andere hat eine Prostituierte derartig zerfleischt, dass sie ihr Gewerbe nicht mehr ausüben kann. Den haben sie ebenfalls erwischt. Er hat sich in der Untersuchungshaft aufgeknüpft."

„Mach es nicht so spannend", murrte Harmening, der langsam nervös wurde. „Komm auf den Punkt. Haben wir echte Hinweise oder nicht? Immerhin kann es genauso gut ein absolut unbeschriebenes Blatt, ein Ersttäter, gewesen sein."

„Das kann immer so sein", schnaufte Dempewolf, der sich nicht so leicht aus der Ruhe bringen ließ. „Aber es gibt drei interessante Fälle in Süddeutschland, alle endeten mit dem Tod der Frauen. Ein Täter sitzt im Münchener Landeskrankenhaus in der Forensik, jedenfalls sagt das der Computer. Wir sind dabei, das zu überprüfen. Die anderen beiden Fälle haben sich vor etwa drei Jahren kurz hintereinander in Nürnberg abgespielt. Es kommt für beide Morde nur ein Täter infrage. Und den haben sie bis heute nicht."

„Keine Anhaltspunkte?", fragte Harmening gespannt.

„Sie hatten sogar einen Verdächtigen, der ihnen aber durch die Lappen gegangen ist. Ein ehemaliger Krankenpfleger, den man wegen Betäubungsmitteldiebstahls gefeuert hatte. Bei seinem Rausschmiss hat er sich auf die Verwaltungsleiterin gestürzt und ihr ein Ohr abgebissen. Falls es dich interessiert, man hat es wieder angenäht, sie war ja ohnehin schon im Krankenhaus."

Dempewolf nestelte einen Computerausdruck aus seiner Mappe und legte ihn auf den Schreibtisch. Zu sehen war das Bild eines etwa dreißigjährigen Mannes mit langen blonden Haaren und Vollbart.

„Die beiden abscheulichen Morde sind am Rande des Nürnberger Sängertreffens im Jahr zweitausend hinter der Nürnberger Burg verübt worden, und zwar innerhalb von drei Tagen. Beide Leichen, junge Frauen von zweiundzwanzig und dreiundzwanzig Jahren, wurden entkleidet und übel zugerichtet aufgefunden. Eine Vergewaltigung konnte nicht hundertprozentig nachgewiesen werden, zumindest gab es keinerlei Spuren von Sperma."

Fritz Dempewolf machte eine Pause, bevor er weiter sprach. Er deutete auf das Foto.

„Peter Ransbauer. Jahrgang 1970, ein Meter achtzig groß, untersetzt, neigt unter Alkohol und Drogeneinfluss zu Gewalttätigkeiten. Die Kollegen in Nürnberg haben in seiner Wohnung mehr als genug Beweise sichergestellt. Aber er ist wie vom Erdboden verschluckt."

Mia Hornbach öffnete die Tür zu Harmenings Büro einen Spaltbreit. „Störe ich?", fragte sie förmlich.

„Komm rein, Mädchen", sagte Harmening freundlich. Er mochte die attraktive Pressesprecherin ausnehmend gut leiden. Trotz ihrer achtunddreißig Jahre wirkte sie immer noch mädchenhaft genug, um, wie heute, einen schwarzen Minilederrock und ein knappes weißes Top tragen zu können.

„Du siehst wieder zum Anbeißen aus", sagte Harmening und kam erst durch ihren skeptischen Blick auf die Idee, dass dieser Spruch nicht ganz in die Situation passte.

Mia verzog den Mund. „Das lass bleiben!", sagte sie etwas gequält. „Obwohl ich langsam auch etwas zu beißen brauchen könnte. Aber zunächst muss ich der Presse etwas zum Fraß vorwerfen, sonst steht morgen gottweißwas in den Zeitungen."

„Da können wir helfen", sagte Leif Harmening und schob ihr das Foto des ehemaligen Krankenpflegers zu.

Am Sonntagabend schlenderte Harmening am Maschsee entlang. Obwohl es sich kaum abgekühlt hatte, waren die Getränke- und Imbissstände wie an jedem Tag des Maschseefestes dicht umlagert. Auch dieses Fest hatte inzwischen seine Tradition. Wochenlang standen im Juli und August die Getränke- und Imbissbuden rund um den künstlich angelegten See, insbesondere am Nordufer und entlang des Rudolf-von-Bennigsen-Ufers. Auf mehreren Bühnen spielten Abend für Abend verschiedene Musikgruppen, und in der Hitze der vergangenen Wochen hatte das Ganze ein unbestritten südländisches Flair. Eine Tradition mehr, dachte er. Überhaupt war Hannover eine Stadt mit vielen großen und kleinen Traditionen und deren stolzen Trägern. Das fing beim „größten Schützenfest der Welt" an, setzte sich mit Industriemesse und Cebit fort und hörte bei dem wieder erstarkten Fußballclub Hannover '96 und dem Welfenhaus noch lange nicht auf. Er selbst lebte gerne in Hannover und verstand die Leute nicht – Ignoranten, dachte er –, die Hannover als popelig und provinziell beschrieben. Zuletzt war durch die Weltausstellung Expo im Jahr 2000 das an Hannover wachgeküsst worden, was noch wachzuküssen war. Im übrigen lebte man in der Kanzlerstadt.

Und was die Kriminalität anbetrifft, dachte er grimmig, ist Hannover ohnehin Weltklasse.

Unterhalb der Löwenbastion trank Harmening genussvoll das erste Bier des Tages. Er hatte länger als ein Jahr auf jeglichen Alkohol verzichtet. Nach dem Unfalltod seiner Frau Alina, als er glaubte, das Leben nicht mehr ertragen zu können, als sich seine private kleine heile Welt in ein heilloses Chaos aufzulösen drohte, hatte er sich vier Wochen lang dermaßen zugesoffen, dass ihm letztlich nichts anderes übrig blieb, als eine stationären Entgiftung anzutreten.

Während er nach drei zeitweise qualvollen Wochen mit noch wackeligen Beinen, aber stocknüchtern das Siloah-Krankenhaus verlassen hatte, eine Packung Campral in der Hosentasche und die mahnenden Worte des Chefarztes im Ohr, war er der festen Überzeugung gewesen, dass er niemals wieder auch nur einen Tropfen Alkohol zu sich nehmen würde.

Den Rat, ein monatelanges Entziehungstraining in einer Suchtklinik zu absolvieren, hatte er jedoch nicht befolgt.

Vielmehr hatte er sich in seine Arbeit regelrecht eingegraben, hatte viele Tage, Nächte, selbst die dienstfreien Wochenenden im Kommissariat verbracht. Mit Sicherheit war er in dieser Phase seines Lebens kein angenehmer Kollege und Mitmensch gewesen, und er war Fritz Dempewolf und Mia Hornbach immer noch dankbar, dass sie ihn gestützt hatten, ohne sich aufzudrängen.

Seit etwa einem halben Jahr hatte sich sein Seelenzustand langsam aber stetig zu einer zwar melancholischen, aber relativ entspannten Stimmung gewandelt. Und inzwischen trank er auch wieder, zwar keine harten Sachen, aber Bier und Rotwein, bevorzugt Bordeaux, bewusst kontrolliert, und durchaus mit Genuss. Es half ihm, sich zu entspannen und die innere Leere, die ihn nach Alinas Tod immer noch viel zu oft heimsuchte, mit einer zwar trügerischen, aber angenehm samtigen Ruhe zu füllen. Bis jetzt war es gut gegangen.

Harmening genoss den warmen Sommerabend wie Tausende andere Besucher, nahm die fröhlichen, plaudernden und lachenden Menschen wahr, die um ihn herum ihr Fest feierten, hörte der Musik zu und beschloss, ein weiteres Bier zu trinken, obwohl es bei dieser Hitze rekordverdächtig schnell zu Kopf stieg. Hätte er geahnt, das etwa fünfzig Meter von ihm entfernt ein anderer Besucher an einem Biertresen lehnte, der schon längst aufgehört hatte, die verzehrten Getränke zu zählen und hinter dessen Stirn sich die blutrünstigsten Fantasien überschlugen, wäre es mit seiner Gemütsruhe vorbei gewesen.

Er hatte versucht, die Erinnerung so lange wie möglich zu unterdrücken. Er hatte die restlichen Opiate eingenommen, und, als diese zur Neige gingen, mit Bier und Wodka nachgespült. Aber spätestens, wenn er in einen ohnmachtsähnlichen Schlaf fiel, durchlebte er immer wieder die Stunden nach dem Konzert in unterschiedlichen Sequenzen.

Alles spielte sich innerhalb eines heißen, dichten Nebels ab. Er hörte sich und andere grölen, stieß gegen schwankende Leiber, während er torkelnd seinen Bierbecher festhielt. Irgendwann griff eine weibliche Hand nach seinem Arm, und jemand schrie ihm etwas ins Ohr. Der Lärm verschluckte den Sinn der Worte, aber als er sich umwandte, blickte er in ein bekanntes Gesicht. „Sara", lallte er, „was machst du denn hier?"

„Na", lachte sie, „ich denke, dasselbe wie du hoffentlich auch. Ich habe Spaß." Sie sah ihm in die Augen .

„Mein Gott, was hast du denn eingenommen", rief sie entgeistert. „Ich denke, du hast morgen Frühdienst!"

„Komm, lass uns einen trinken", forderte er sie auf und legte eine Hand auf ihre Hüfte.

Dabei stolperte er und schüttete sein Bier über ihr Sommerkleid. Beinahe wären sie gemeinsam zu Boden gegangen.

Sie riss sich von ihm los. „Verdammt, ich glaube du hast für heute mehr als genug!", schimpfte sie und lief davon, lief in Richtung der Toilettenanlage, die aus mehreren Reihen nebeneinander aufgestellter Dixiklos bestand. In einer Version seines Traumes drehte sie sich noch einmal, verächtlich lachend, zu ihm um. An dieser Stelle wurde er wütend.

„Warte", schrie er und lief schwankend hinter ihr her. Er lief lange und keuchend wie gegen eine Wand aus Watte. Fast hätte der Nebel sie vor seinen Augen verschluckt. Dann sah er, dass sie in einem der Toilettenhäuschen verschwand. Irgendwann, dachte er, musst du da wieder herauskommen und dann werden wir Spaß haben, das verspreche ich dir. Doch an dieser Stelle rissen seine Träume regelmäßig ab, er erwachte, zumeist schweißgebadet und schreiend.

Ich habe Spaß gehabt, dachte er. Ich habe Spaß gehabt wie selten in meinem Leben, und ich kann mich nicht mehr daran erinnern. Aber es ist nichts verloren, dachte er, während er das nächste Bier bestellte. Der Spaß lässt sich wiederholen. Er wusste ja, wie es ging. Allerdings war es zunächst notwendig, seinen Verstand auszutricksen. Es war notwendig, die letzten Skrupel auszuschalten, bevor er sich noch einmal das unendliche Glücksgefühl verschaffen würde. Und das war mit Alkohol allein nicht mehr zu bewirken.

Lars Harmening eröffnete die Morgenkonferenz wie üblich um neun Uhr. Außer Mia Hornbach und Fritz Dempewolf war noch Udo Roling zugegen, ein fünfundzwanzigjähriger Junge aus dem Ruhrpott, der vor einem Jahr zur Kripo Hannover gewechselt war, weil er in Gelsenkirchen keine beruflichen Perspektiven gesehen hatte. Mia hatte die aktuellen Zeitungen mitgebracht, und alle stürzten sich auf die Schlagzeilen.

„Fangt endlich den Menschenfresser", titelte BILD.

„Wo steckt der perverse Mörder?", fragte die Neue Presse ihre Leser.

Die Hannoversche Allgemeine Zeitung war wie üblich etwas zurückhaltender. „Mord nach Stones-Konzert", hieß es dort, und in der Unterzeile: „Ist ein Serienmörder unterwegs?"

„Das frage ich mich auch", begann Harmening. „Und ich fürchte, dass es so ist."

Mia schob ihm das Hamburger Abendblatt zu. „Sperr sie endlich weg, Kanzler!", hieß es dort in fetten roten Lettern. „Auch die Hamburger hängen keinen, sie hätten ihn denn", kommentierte Harmening. Sie begannen, die Zeitungen aufzublättern und den redaktionellen Teil durchzuarbeiten. Letztlich waren alle Berichte erstaunlich korrekt und sachlich. Das Bild des Nürnberger Mörders war im Original und in verschiedenen retuschierten Fassungen wiedergegeben: mal ohne Bart, mal mit kurzem Haupthaar, mit Glatze, selbst mit Brille hatte man Peter Ransbauer dargestellt. Das konnte durchaus hilfreich sein.

„Bevor wir die Genanalyse haben", sagte Harmening, „können wir nicht absolut sicher sein, dass er es war. Trotzdem wollen wir uns auch auf die Suche nach einem Krankenpfleger konzentrieren. Setzt euch ans Telefon und ackert die Krankenhäuser in Hannover und im Umland durch. Vergesst nicht, darauf hinzuweisen, dass es sich um einen Bayern oder vielmehr einen Franken handelt, der vermutlich Dialekt spricht. Denkt auch an die Alten- und Pflegeheime und an die Institute der häuslichen Pflege, auch die privaten. Ich muss zunächst zum Gespräch mit dem Polizeipräsidenten, der meinen Bericht wünscht. Danach unterstütze ich euch. Wenn Hinweise aus der Bevölkerung eingehen, listet sie bitte auf. Wir werden das auswerten und nach den bekannten Prioritäten abarbeiten. Ich werde den Präsidenten um personelle Unterstützung aus anderen Abteilungen bitten."

Gemeinsam verließen sie Harmenings Dienstzimmer und gingen an ihre Arbeit.

Doch bereits am späten Nachmittag, als sie alle noch mit ihren Routineabfragen beschäftigt waren, geschah etwas Entscheidendes, so dass eine völlig andere Vorgehensweise notwendig wurde.

Der Mann, der einmal Peter Ransbauer geheißen hatte, verließ seine Wohnung in der Schaufelder Straße um 16 Uhr. Er zog die schwere Tür des Vorkriegsgebäudes hinter sich ins Schloss und machte sich auf den Weg. Aus Angst, zufällig in eine Polizeikontrolle zu geraten, verzichtete er bereits seit Jahren auf ein eigenes Auto. Er wählte den Weg über den neuen Sankt-Nicolai-Friedhof und hatte bald das Nordstadtkrankenhaus erreicht.

Der Pförtner erkannte ihn nicht. Er hatte sein Aussehen in einigen Punkten verändert. Mit der Einkaufstasche in der Hand würde man ihn eher für einen Besucher denn für einen ehemaligen Mitarbeiter halten. Er betrachtete sich bereits als Ehemaligen, da er nicht die Absicht hatte, in dieser Klinik noch einmal seinen Dienst anzutreten.

Obwohl der Alkohol in seinem Kopf rumorte, erweckte er äußerlich nicht den Eindruck eines Betrunkenen. Er betrat das Dienstzimmer der Intensivstation und atmete erleichtert auf, als er wie vermutet niemanden antraf. Bei der vorhandenen Personalknappheit befanden sich alle Schwestern und Pfleger im Einsatz am Patienten. Da er die Örtlichkeiten gut kannte, konnte er sich sofort über den gesicherten Arzneimittelschrank hermachen. Das Schloss hielt dem von ihm mitgebrachten Stemmeisen nicht lange stand. Er hielt sich nicht damit auf, die vorhandenen Medikamente zu sortieren, sondern räumte alles in die große Ledertasche.

Gerade als er sich entfernen wollte, öffnete sich die Tür. „Was haben Sie hier zu suchen?", schimpfte die Schwester los. Er kannte sie. Es handelte sich um die stellvertretende Stationsschwester Ruth, eine kleine drahtige Blondine, die, wie er wusste, Haare auf den Zähnen hatte.

Im nächsten Augenblick hatte sie ihn trotz seines glatt rasierten Gesichts und der raspelkurz geschnittenen Haare erkannt. „Gott, Heiner, wie siehst du denn aus und was machst du hier – ich denke, du bist krank – und was hast du verdammt noch mal am Giftschrank zu suchen ..." Ihre Augen weiteten sich. Er ließ die Tasche fallen und stürzte sich ohne ein Wort auf sie.

Harmening und Dempewolf rannten die Treppe zum Nordstadtkrankenhaus hinauf. Es war verwunderlich, wie flink der massige Kriminalinspektor seinen Körper zu bewegen vermochte. Der Anruf hatte sie vor exakt zehn Minuten erreicht, und Harmening als Fahrer hatte fast alle Rekorde gebrochen. Während sie durch die Krankenhausflure zur Medizinischen Intensivstation hasteten, wurde draußen bereits das gesamte Viertel „abgeriegelt", soweit dieses überhaupt möglich war.

Der Arzt, ein südländischer Typ, stellte sich als Dr. Mendini vor. „Sie steht unter Schock", sagte er. „Aber das ist auch kein Wunder. Das Schwein hat versucht, ihr die Halsschlagader durchzubeißen. Viel hat nicht gefehlt und es wäre ihm gelungen. Darüber hinaus hat er ihr mit einem Hammer oder etwas Ähnlichem auf den Kopf geschlagen. Sie hat eine Menge Blut verloren und ist kaum ansprechbar. Wenn ich diese Drecksau in die Finger bekomme ..." Der kleine Doktor ballte die Fäuste. Seine Stimme zitterte vor Wut.

„Wir kriegen ihn", sagte Harmening eindringlich. „Wir kriegen ihn bestimmt. Aber damit er gefasst werden kann, bevor er weiteren Schaden anrichtet, müssen wir mit ihr reden. Sie ist die einzige, die sicher weiß, um wen es sich handelt und wie er zur Zeit aussieht."

Ruth Moldenhauer lag blass und zusammengekrümmt unter der Bettdecke. Eine Infusion tropfte in den Schlauch und lief durch die Braunüle in ihrem linken Arm. Der Kopf war bis über die Stirn bandagiert. Sie blinzelte, als sie auf das Fahndungsfoto blickte. „Ich hätte normalerweise gar nicht gearbeitet, wenn Sara zum Dienst erschienen wäre", flüsterte sie geistesabwesend. „Das sieht Sara gar nicht ähnlich, einfach nicht zu kommen, ohne sich abzumelden."

Harmening wurde hellhörig. „Fritz", sagte er zu Dempewolf. „Klär du das mit der Schwester Sara. Wie sie aussieht, wo sie wohnt und so weiter. Ich komme hier allein zurecht. Wir treffen uns nachher unten im Foyer."

„Sie hat den Anrufbeantworter an, aber sie ruft nicht zurück", Schwester Ruth sprach wie zu sich selbst. Plötzlich ging ein Zittern durch ihren Körper. Sie starrte auf das Foto, als nähme sie es erst jetzt wahr. „Der!", schrie sie auf. "Der ist es. Heiner Kubowski." Sie begann zu weinen. „Schnappen Sie ihn", flüsterte sie. „Bitte schnappen Sie ihn bald!"

Mit einigen vorsichtigen Nachfragen verschaffte sich Harmening einen Eindruck von dem aktuellen Aussehen des Verbrechers. Nachdem er in der Verwaltung die Adresse des Täters erfragt hatte, ordnete er telefonisch die unverzügliche Überwachung des Hauses in der Schaufelder Straße an. „Ihr geht da nicht rein", sagte er. „Bewacht alle Ausgänge und haltet die möglichen Fluchtwege im Auge. Ich bin gleich da."

Während der kurzen Autofahrt informierte Dempewolf ihn über die Person der verschwundenen Sara. „Ich fürchte, dass sie es ist", fasste er zusammen. „Alter und Aussehen stimmen überein. Aber was mich sicher macht, ist das Schmetterlingstatoo. Wir müssen das natürlich noch abklären."

„Ja", sagte Harmening. „Ich glaube auch, dass es so gewesen ist. Die beiden kannten sich ja. Vielleicht sind sie sogar gemeinsam zu dem Konzert gegangen. Wir müssen alles versuchen, um ihn so schnell wie möglich dingfest zu machen. Ich bin sicher, er wird es wieder tun."

Aber der Vogel war ausgeflogen.

In der Wohnung sah es aus, als hätte eine Schlacht stattgefunden. Leere, teilweise zerbrochene Bier- und Wodkaflaschen bedeckten den Fußboden in sämtlichen Räumen. Dazwischen lagen wahllos verstreut schmutzige Unterhosen, zerknüllte Zeitungen und zerschlagenes Geschirr. Der Fernseher war zertrümmert und der Spiegel im Bad ebenfalls. Blutspuren an den Bruchstellen und den Scherben zeugten davon, dass mit der bloßen Faust zugeschlagen worden war. Harmening sah, dass hier ein maßlos wütender Mensch voller Aggressionen gelebt hatte.

„Lass dieses hier von der Spurensicherung erledigen", schlug Dempewolf vor, und Harmening gab ihm Recht. Sie hatten anderes zu tun. Zunächst mussten die Nachbarn der anderen Mietwohnungen befragt werden.

Bereits an der ersten Tür hatte Harmening Glück. Er kannte den Typ der Nachbarin, die so schnell geöffnet hatte, dass er davon ausgehen konnte, sie hielte es kaum noch aus, nicht befragt zu werden.

„Ein Säufer sondergleichen", keifte sie los, bevor Harmening dazu kam, eine Frage zu stellen. Er lächelte die aufgebrachte alte Dame freundlich an. „Es geht um Ihren Nachbarn namens Kubowski", versuchte er, ihren Sprachfluss zu unterbrechen. „Das brauchen Sie mir doch nicht zu erzählen!", fuhr sie ihn an, „ein Krankenpfleger, der ständig betrunken ist! Wer hat denn so was schon gesehen! Ich habe dem Regionspräsidenten geschrieben, aber es gab nicht einmal eine Antwort!"

„Wann haben Sie ihren Nachbarn denn zuletzt gesehen?" fragte Harmening und versuchte, seine unangemessene Heiterkeit zu verbergen.

„Heute Morgen!", schrie sie. „Er schleppte wieder eine große Tasche voller Flaschen an. Der kann doch auch zwischendurch gar nicht mehr nüchtern geworden sein!"

„Haben Sie eine Ahnung, wo sich Herr Kubowski zur Zeit aufhalten könnte?", bohrte Harmening nach.

„Ich sage nur: Maschseefest", erwiderte sie und blickte ihm verschwörerisch in die Augen. „Da habe ich ihn am vorigen Sonntag selbst getroffen, und so weit ich weiß, ist er dort jeden Abend, bis zum Abwinken."

Nachdem sie die neu gefasste Fahndung auf den Weg gebracht hatten, blickte Harmening müde in die erweiterte Runde der Kollegen. „Soweit ist alles in Gang gesetzt", sagte er. „Jetzt können wir genau so gut dem Tipp der freundlichen Nachbarin folgen und ihn auf dem Maschseefest suchen. Er kann natürlich auch längst über alle Berge sein. Lasst uns trotzdem versuchen, die Nadel im Heuhaufen zu finden. Nehmt das Fahndungsfoto mit und schaltet euer Handy ein. Mia wird hier als zentrale Ansprechpartnerin die Stellung halten und Informationen per SMS an uns alle weiterleiten. Auf zum Maschseefest. Und betrinkt euch nicht zu früh."

Die Mädchen waren in Wennigsen eingestiegen und fuhren mit der Citybahn Richtung Hannover. Janina, die jüngste der drei, hatte sich besonders heftig aufgebrezelt. „Was hast du denn heute vor?", fragte Radenka. „Ist dir dein Marcus von der Fahne gegangen? Suchst du ein Ersatzkuscheltier?" „Du hast es nötig", lachte Sabine, die dritte im Bunde.

„Bevor Janina an deinen Verschleiß herankommt, werden noch ein paar Jahre vergehen!"

In Ronnenberg stieg ein etwa dreißigjähriger Mann zu, der sich sofort als unangenehm erwies. Obwohl kein Sitzplatz frei war, quetschte er sich auf die Bank zwischen Janina und Sabine. „Hey, was soll das", rief Sabine und sprang auf. „Mädels", lallte der Mann im breitesten bayerischen Dialekt, „wir wollen doch alle unseren Spaß! Herrgottszeiten, stellts euch nicht so an!"

Radenka lief aus dem Abteil und rief mit ihrem Handy die Polizei an. Sie hatte heute Morgen die Bildzeitung gelesen.

„Gut, vielleicht haben wir ihn", sagte Harmening zu Mia Hornbach. „Das wäre ein glücklicher Zufall. Lass ihn am Hauptbahnhof abgreifen und informiere mich sofort über deinen Eindruck. Wir machen ansonsten wie geplant weiter."

Es war die letzte Nacht des diesjährigen Maschseefestes. Noch einmal waren bekannte Künstler und Gruppen aufgeboten, um die Besucher anzulocken. Stahlhofen spielte und sang, Liefers trat unter der Bezeichnung „JJ" auf und trug seine Chansons vor, das Fest glühte und schien sich in der Hitze der Nacht auszudehnen, als stünde eine Explosion bevor.

Kommissar Harmening stand an seinem Lieblingsimbiss, aß genussvoll eine Bratwurst und nippte an seinem Bier. Insgesamt waren zwölf Fahnder rund um das Maschseegelände verteilt, viel zu wenige, um wirklich einen umfassenden Überblick zu gewinnen. Die vage Hoffnung, den Beißer zu fangen, beruhte ohnehin auf der Annahme, das er sich zum einen noch nicht abgesetzt hatte und zum anderen tatsächlich seiner Gewohnheit folgend das Maschseefest besuchte. Menschen drängten sich dicht an dicht um die Stände, und vor dem mitternächtlichen Feuerwerk würden die wenigsten den Heimweg antreten. Harmening blickte auf die Uhr. Bis dahin war noch knapp eine Stunde Zeit.

Er drängte sich zwischen den feiernden Menschen durch und fand einen Platz neben mehreren jungen Frauen, die lachend und plaudernd am Tresen lehnten. „No, lassts ihr mich auch a Bier bestellen", sprach er die hübsche Blondine zu seiner Linken an. „Oh Gott, noch ein Bayer!", rief sie ihren Freundinnen lachend zu. „Pass gut auf dich auf, einen deiner Landsmänner haben wir heute schon in den Knast gebracht!" Er erschrak, bewahrte aber seine entspannte Haltung. „Wos ist des für a Gschichtn", erkundigte er sich und erfuhr, dass die Mädchen einen vermutlichen Mörder erkannt und hinter Schloss und Riegel gebracht hatten.

„Da habts ja verdammt Glück gehabt", kommentierte er den atemlos vorgetragenen Bericht der jungen Frauen, bevor er sich seinem Bier widmete.

Während Harmening weiterging, beobachtete er intensiv die Menschen in seiner Nähe. Hoffnungslos, dachte er. Selbst wenn er hier herumläuft, ist er in der Dunkelheit kaum zu identifizieren. Wir glauben an ein Wunder, während das Schwein sich längst davongemacht hat. So war es ja auch den Nürnberger Kollegen ergangen.

Eine Gruppe junger Leute, drei Mädchen und ein etwa dreißigjähriger Mann, drängte sich an ihm vorbei. „Ich habe doch gar keinen Badeanzug dabei", hörte er eine der jungen Frauen rufen. „Jo, mei", antwortete der Mann, „wozu brauchst denn a Badeanzug?"

Harmening horchte auf und erhaschte im Vorüberlaufen einen Blick in das Gesicht des Mannes. Enttäuscht wandte er sich ab. In drei Tagen konnte sich niemand einen derartigen Vollbart zulegen, wie ihn dieser Süddeutsche trug. Selbst in Hannover gab es eben mehr Bayern, als man glaubte.

Das Maschseebad war leer und dunkel. Die Lichter des Festes gaben jedoch genügend Helligkeit, um sich zurechtzufinden. Lachend streiften die Mädchen ihre ohnehin recht spärliche Bekleidung ab und liefen in das flache Wasser. Die Idee von Udo, dem Bayern, war einfach klasse. Bei dieser Hitze konnte man wirklich nichts Besseres tun, als schwimmen zu gehen. „Komm rein, Junge", rief Radenka dem Mann zu, „zier dich nicht so! Wir werden dir schon nichts abbeißen!" Die anderen lachten, während ihr neuer bayerischer Freund langsam begann, sich zu entkleiden.

Sie schwammen ein Stück weit in den See hinaus. Aus einiger Entfernung war die Musik, das Rufen und Lachen der Festbesucher und das Plätschern der großen beleuchteten Fontäne zu hören. „Große Mädchen weinen nicht", klang von weit her der Refrain eines Liedes herüber. In weniger als fünfzehn Minuten würde das Abschlussfeuerwerk die Szenerie in eine bunt leuchtende, fast exotische Seelandschaft inmitten der Großstadt Hannover verwandeln. Radenka und Sabine schwammen mit kräftigen Armzügen in den See hinaus, während Janina zwanzig Meter hinter ihnen auf den neuen Freund wartete. "Na", flachste Radenka, „ob das wohl Janinas Typ ist?" Sabine lachte ."Der alte Mann!", prustete sie und schluckte ein paar Kubikzentimeter Maschseewasser. „Was soll sie mit so einem dreißigjährigen Greis anfangen?"

Im nächsten Augenblick hatte Udo ihre Freundin Janina erreicht. Ein furchtbarer, nackte Angst ausdrückender Schrei hallte über die Wasserfläche.

Harmening starrte auf das Foto in seiner Hand. Verdammt noch mal, dachte er. Ich bin ein Idiot. Bärte wachsen zwar nicht so schnell, aber es gibt welche in jedem Theaterfundus und in allen möglichen Fachgeschäften. Die Augen!, dachte er. Warum habe ich nicht auf die Augen geachtet! Selbstverständlich waren es die Augen des Wahnsinnigen! Lieber Gott, lass es nicht zu spät sein!

Während er loslief, drückte er Dempewolfs Handynummer. „Sag du in der Zentrale Bescheid", schrie er, während er sein Tempo drosseln musste, um niemanden über den Haufen zu rennen. „Und komm so schnell du kannst zum Freibad am Südufer!"

Er hatte sein Ziel erreicht. Niemand suchte mehr nach ihm. Ein anderer hatte zumindest vorübergehend seine Rolle übernommen. Und er selbst war gleich mit drei!!! nackten!!! Frauen allein. Bevor er die Erste erreicht hatte, riss er sich diesen scheußlichen

Bart aus dem Gesicht und ließ ihn ins Wasser fallen. Dann war er bei Janina und biss ihr mit einem wilden Glücksgefühl beinahe zärtlich in den Nacken.

Harmening rannte in das Wasser hinaus, nachdem er die Schuhe abgestreift hatte. Zehn Meter vor ihm hielt der Beißer das Mädchen umschlungen. Es sah aus, als wären sie ein Liebespaar. Rasend vor Wut warf Harmening sich ins Wasser und kraulte mit aller Kraft auf die beiden zu. Er griff nach dem Hals des Mannes, fand die pulsierende Halsschlagader und drückte zu. Die ersten Raketen eines wunderschönen Feuerwerks stiegen in den Himmel über dem Maschsee.

Harmenings Handy spielte Paloma Blanca. Erstaunlich, dachte er, dass es nicht abgesoffen ist. Die Anruferin war Mia Hornbach. „Ich wollte dir nur mitteilen, das dieser Bayer aus der Citybahn es nicht gewesen sein kann. Er hat ein wasserdichtes Alibi." „Ich weiß", antwortete er matt und fügte, für sie völlig unverständlich, hinzu: „Zum Glück ist meine Haut auch wasserdicht."

Sie hatten sich alle um den Stand der Herrenhäuser Brauerei versammelt und tranken gemeinsam auf den erfolgreichen Ausgang der Fahndung. Auch Mia Hornbach war zu ihnen geeilt.

Das angegriffene Mädchen litt zwar unter einem schweren Schock, äußerlich war jedoch nur eine tiefe Fleischwunde im Nackenbereich diagnostiziert worden.

„Es hätte wesentlich schlimmer kommen können", sagte Dempewolf und leerte sein Bierglas. „Ich denke, es reicht, wenn wir ihn morgen vernehmen. Er muss wahnsinnige Schmerzen haben. Ich habe noch nie erlebt, dass jemand so unglücklich wie er aufs Gesicht fällt und sich sämtliche Schneidezähne ausbricht." „Da hast du recht", sagte Harmening verlegen, während er heimlich seine schmerzenden Fäuste knetete. „So etwas habe ich auch noch nicht gesehen."

Manfred Depner

Manfred Depner, geboren 1948, begann nach Besuch der Realschule in Gelsenkirchen eine Ausbildung als Diplom-Verwaltungswirt. Nach Stationen als Leiter der Kreiskasse Gelsenkirchen, stellvertretender Presseamtsleiter des Landkreises Hannover und Verwaltungsleiter des Kreiskrankenhauses Lehrte ist er heute kaufmännischer Direktor des Krankenhauses Springe. Seit 1994 lebt und arbeitet er mit seiner Familie in und um Hannover, liebt das Lesen und das Reisen – am liebsten aber die Kombination aus beidem.

Der Taubenhasser
Elisabeth Brink

Wenige Tage vor dem Tod meines Mannes Karlheinz im letzten Jahr ist das sprichwörtliche Fass endgültig übergelaufen. Bei einem heftigen Streit schleuderte Karlheinz mir entgegen, der Mann sei das Haupt der Frau und ich, ebenso wie alle anderen Frauen, somit ein Wesen ohne Kopf. Ich verbat mir diesen haarsträubenden Unsinn energisch, was aber lediglich zur Folge hatte, dass Karlheinz mich anschrie, ich müsse ihm als Frau in allen Dingen untertan sein und dürfe mich auf keinen Fall über ihn, den Mann, erheben. Der Apostel Paulus und der Herr hätten dies so gewollt. Es war klar, dass wir uns trennen mussten. Doch wie sollte ich eine Trennung bewerkstelligen? Als wiedergeborenes Mitglied einer christlich-fundamentalistischen Sekte, der „Gemeinde des Paulus", hätte Karlheinz einer Scheidung oder auch nur einer Trennung niemals zugestimmt. Für ihn war eine Ehe ewig und unauflöslich. Wenn ich mit den Kindern ausgezogen wäre, hätte er uns weiterhin mit seinem religiösen Fanatismus verfolgt und mit allen Mitteln versucht, uns zur Rückkehr zu bewegen. Auch wenn wir uns mit aller Kraft gegen ihn zur Wehr gesetzt hätten, wären wir nie zur Ruhe gekommen. Daher war klar, dass Karlheinz sterben musste.

Eile war geboten, weil wir unsere damals siebzehnjährigen Zwillinge Marie und Kevin wenige Tage später aus dem Urlaub in Spanien zurückerwarteten, wo sie mit Freunden zelteten. Ich wollte ihnen natürlich den Anblick ihres toten Vaters ersparen und plante die Angelegenheit so, dass Karlheinz bei ihrer Rückkehr bereits beerdigt wäre. Ich selbst war damals wegen einer Sommergrippe krankgeschrieben und hatte somit Zeit, alles zu erledigen, bevor die Kinder wieder zu Hause waren.

Dieses „alles" war zunächst mehr als vage. Das Einzige, was feststand, war die Notwendigkeit, mich meines Gatten zu entledigen.

Schon zu Beginn unserer Ehe war Karlheinz ein pedantischer und zwanghafter Mensch gewesen. Ich bin viel lockerer als Karlheinz und kann mir unsere Eheschließung nur dadurch erklären, dass sich Gegensätze bekanntlich anziehen. Im Laufe unserer achtzehn Ehejahre hatten wir uns jedoch miteinander arrangiert und führten eine Ehe, die zwar nicht leidenschaftlich, aber immerhin stressfrei war. Dies war sicherlich zum großen Teil darauf zurückzuführen, dass Karlheinz die Abende immer in seinem Hobbykeller verbrachte und sich nur geringfügig in meine Angelegenheiten und die der Kinder einmischte. Im Hobbykeller ging Karlheinz seiner Lieblingsbeschäftigung, dem Briefmarkensammeln, nach. Jeden Abend verkroch er sich dort, ordnete neu erworbene Schätze und katalogisierte seine Bestände mit größter Sorgfalt. Karlheinz hielt sich stets von 17.44 Uhr bis 22.44 Uhr in seinem kleinen Reich auf, und zwar genau in der Zeit zwischen dem Ende des Abendessens um 17.40 Uhr und seinem um 22.48 Uhr beginnenden fünfzehnminütigen Reinigungsritual vor dem Zubettgehen. Er benötigte vier Minuten, um die Entfernung zwischen unserer Wohnung im Dachgeschoss eines fünfstöckigen Mehrfamilienhauses in der Nordstadt Hannovers und dem Keller zurückzulegen. Im Keller waren dann weitere acht Minuten erforderlich, um die „Arbeitsbereitschaft" herzustellen bzw. seine Aktivitäten zu einem „ordnungsgemäßen Abschluss" zu bringen, so dass Karlheinz sich seinen Briefmarken von 17.52 Uhr bis 22.36 Uhr widmen konnte. Da es länger dauert, treppauf als treppab zu steigen, ging mein Mann auf dem Rückweg zu unserer Wohnung etwas schneller als auf dem Hinweg, um in seinem „Zeitlimit" von vier Minuten zu bleiben.

Seinem Beruf als Angestellter des Finanzamtes Hannover-Nord auf der Vahrenwalder Straße ging Karlheinz mit größter Gewissenhaftigkeit nach und hatte in den 28 Jahren seiner Berufstätigkeit keinen einzigen Tag gefehlt. Er ging selbst mit Fieber zum Dienst. Wahrscheinlich hätte ihn nur etwas ganz besonders Kompliziertes wie eine Herz-Lungen-Transplantation dazu bringen können, der Arbeit fernzubleiben.

Ich arbeitete seit der Einschulung unserer Zwillinge halbtags in einem Teegeschäft in der Nähe der Lutherkirche. Mit unseren beiden Gehältern konnten wir uns in den Sommerferien der Kinder einen Urlaub im Süden leisten und Kevin und Marie eigene Computer mit Internetzugang finanzieren. Die Zwillinge besuchten die Lutherschule mit moderatem Erfolg, waren aufmüpfig im Umgang mit mir und besonders mit Karlheinz, nahmen aber wenigstens keine Drogen oder hatten die Absicht geäußert, sich die Zunge oder sonstige dafür völlig ungeeignete Körperteile piercen zu lassen.

Karlheinz' Strenge im Umgang mit den Kindern war im Laufe der Jahre resigniertem Schweigen gewichen. Er hatte erkannt, dass es nichts Aussichtsloseres gibt, als einem Jugendlichen etwas zu verbieten. Marie durfte schließlich ihren Freund mit nach Hause bringen, und für Kevin galt nach harten Auseinandersetzungen das Gleiche. Auch er durfte seinen Freund mitbringen, den er in seiner Lieblingskneipe, der „Schwulen Sau" in der Schaufelder Straße, kennen gelernt hatte.

Das Einzige, was Karlheinz nach wie vor vehement ablehnte, waren die Stadttauben, die sich gerne auf dem Sims unseres Küchenfensters und in den Blumenkästen unseres Balkons aufhielten. Während die Kinder und ich nichts gegen die friedlich gurrenden Besucher hatten, begegnete Karlheinz ihnen mit großem Hass und hielt uns ständig Vorträge über die fürchterlichen Krankheiten, die durch Taubenkot übertragen werden könnten. Sobald er eine Taube in unserer Nähe erblickte, verscheuchte er sie lautstark mit hektischen Armbewegungen und bösen Verwünschungen. Er ahnte nicht, dass die Kinder und ich die Tauben gelegentlich mit Brot- und Kuchenresten verwöhnten und dadurch zu ihrer Anhänglichkeit beitrugen.

Doch trotz seiner Eigenarten kamen die Kinder und ich mit Karlheinz ganz gut zurecht und hatten nur selten Streit mit ihm. Wir akzeptierten die Dinge, die nicht zu ändern waren, und gingen uns ansonsten aus dem Weg.

Meine einzige Sorge damals war, dass die Kinder mit Erreichen der Volljährigkeit an ihrem 18. Geburtstag von der Schule abgehen, kein Abitur und keine Ausbildung machen und auf unbegrenzte Zeit um die Welt reisen könnten. Heute würde ich über meine damaligen Sorgen lachen.

Vor zwei Jahren ist unser Leben völlig aus den Fugen geraten. Auf Einladung eines Kollegen hatte Karlheinz damals einen Gottesdienst der „Gemeinde des Paulus" besucht. Dort waren ihm „der Apostel Paulus und der Herr erschienen". Er wurde „wiedergeboren" und war fortan ein völlig anderer Mensch. Seine geliebte Briefmarkensammlung verkaufte er, da sie ihn „von Paulus und dem Herrn ablenkte", und spendete seiner Kirche den Erlös. Fast jede freie Minute verbrachte er betend und singend mit „Brüdern" und „Schwestern" in der Kirche oder in häuslichen Betkreisen, die besonders häufig in unserer Wohnung stattfanden. Dies geschah in der Hoffnung, uns, die heidnischen Angehörigen von Karlheinz, zu Paulus und zum Herrn zu führen. Ständig wurden wir aufgefordert, unser Leben „dem Apostel Paulus und dem Herrn zu überantworten" und endlich „unsere Sünden zu bekennen und zu bereuen". Für den Fall eines fortgesetzten Beharrens in unserem Unglauben wurde uns die ewige Verdammnis in Aussicht gestellt, während sich Karlheinz „für den Himmel qualifiziert" hatte.

Doch nicht genug damit. Die Kinder und ich hatten bald das Gefühl, unter den Taliban zu leben. Karlheinz verbot Marie und mir, laut zu sprechen oder zu lachen. Er mischte sich in Dinge ein, die ihn vor seiner Bekehrung nie interessiert hatten. So befahl er uns zum Beispiel, keine Jeans, sondern nur noch mindestens wadenlange Röcke und bis zum Hals zugeknöpfte Blusen in tristen Farben aus 100 Prozent undurchsichtigen Stoffen zu tragen. Als Grund für diese Forderung gab er an, der Apostel Paulus hätte angeordnet, dass sich „die Frauen in schicklichem Kleide mit Scham und Zucht schmücken" sollten.

Marie durfte nur noch mit ihrem Freund zusammen sein, wenn Karlheinz oder wenigstens ich anwesend war, um zu verhindern, dass sie etwas tun würden, was „ausschließlich mit einem Trauschein erlaubt ist". Meine Arbeit im Teegeschäft sollte ich aufgeben, weil dort auch harmlose Bücher esoterischen Inhalts angeboten wurden, was Karlheinz als Förderung von Okkultismus verdammte. Karlheinz verlangte von mir, dass ich mich ehrenamtlich in der „Gemeinde des Paulus" engagierte. Dabei konnte ich die „Brüder" und „Schwestern", die ich kennen gelernt hatte, nicht ausstehen. Ihr pseudo-freundliches Haifischlächeln und ihre aufdringliche, rechthaberische Frömmigkeit waren mir peinlich und unangenehm.

An einem Samstagmorgen, als ich mit den Kindern auf einer Blaubeerfarm in der Nähe von Neustadt Beeren pflückte, verkaufte Karlheinz sämtliche Fernseher, Computer und Handys der Familie, um mit dem Erlös seines kriminellen Vorgehens einen „bedürftigen Bruder im Herrn" zu unterstützen und uns durch den Verzicht auf die nahezu lebenswichtigen Gegenstände zur „Besinnung auf Paulus und den Herrn" zu zwingen. Auf unsere mehr als berechtigte Empörung reagierte er mit dem Hinweis, wir hätten kein Recht, seine Entscheidungen infrage zu stellen, da er der Ernährer der Familie sei. Diese Bemerkung war nicht nur unverschämt, sondern auch unzutreffend, weil ich mich weigerte, meine Arbeit aufzugeben. Sie hatte mir immer Spaß gemacht, und in den Monaten vor Karlheinz' Tod war mein Arbeitsplatz für mich zu einer Zufluchtsstätte geworden.

Kevin hatte es jedoch am schlimmsten getroffen. Seit ihm Paulus und der Herr erschienen waren, behauptete Karlheinz, „heftigste Übelkeit" ob der Veranlagung unseres Sohnes zu verspüren. Mehrmals täglich wies er Kevin darauf hin, dass, „wenn jemand bei einem Manne liegt wie bei einer Frau, so haben sie getan, was ein Gräuel ist, und sollen beide des Todes sterben; Blutschuld lastet auf ihnen".

Karlheinz' kompromisslose Ablehnung der Neigungen unseres Kevin konnte ich nicht nachvollziehen, denn es verging kein Tag, an dem Karlheinz nicht von seiner großen Liebe zu Paulus und zum Herrn und seiner Sehnsucht, ganz bei und in ihnen zu sein, sprach. Doch die Chance, ein vernünftiges Gespräch mit Karlheinz zu führen, war schlechter als die des biblischen Kamels, durch ein Nadelöhr zu kommen.

Unser zuvor friedliches Familienleben hatte innerhalb nur weniger Monate nach Karlheinz' „Wiedergeburt" die Beschaulichkeit und Ruhe eines Kriegsschauplatzes angenommen. Es gab nur noch Auseinandersetzungen. Karlheinz war zu keinerlei Zugeständnissen an uns bereit, und die Kinder und ich protestierten natürlich gegen die grotesken Befehle und Ansichten unseres Peinigers.

Übrigens wirkte sich Karlheinz' Wiedergeburt in keiner Weise auf seinen Taubenhass aus. Als ich ihn darauf aufmerksam machte, dass die Taube ein Symbol des Friedens ist und in der Bibel häufig lobend erwähnt wird, herrschte er mich an, ich sei als Frau „nicht qualifiziert", über die Heilige Schrift zu sprechen.

In den Tagen vor seinem Ableben ärgerte Karlheinz sich so über die friedlichen Gäste, dass er damit sicher die Wut der nächsten vierzig Jahre vorweggenommen hat. Zu der Zeit besuchten uns die harmlosen Tiere in größerer Zahl als je zuvor. Der Hausbesitzer hatte nämlich in der Woche vor Karlheinz' Tod ein Baugerüst aufstellen lassen, um die abblätternde bräunlich-graue Farbe unseres Domizils durch einen frischen Anstrich zu ersetzen. Dieses Gerüst bot unseren gefiederten Besuchern ungeahnt viele Landeplätze und Sitzmöglichkeiten, was sie sich natürlich zu Nutze machten. Sobald die Maler ihre Arbeit kurz nach 15.30 Uhr beendet hatten, gehörte das Gerüst den Tauben. Schon beim Anblick der Tiere flippte Karlheinz total aus, um mit den Worten unserer Zwillinge zu sprechen. Ich hegte schon die Hoffnung, er würde vor lauter Aufregung einem Herzinfarkt erliegen und mich der Notwendigkeit entheben, ihn umzubringen.

Doch es sollte anders kommen. Zunächst hatten die Kinder und ich noch gehofft, dass Karlheinz' Fanatismus abebben, er wieder zur Vernunft kommen und in seinen Hobbykeller zurückkehren würde, den er seiner Gemeinde als Abstellraum zur Verfügung gestellt hatte. Doch spätestens seit dem Tod von Mucki und Pucki sechs Wochen vor Karlheinz' Tod wussten wir, dass diese Hoffnung vergebens war.

Mucki und Pucki waren zwei besonders prachtvolle Tauben mit wunderbar schillerndem Gefieder, die die Kinder so weit gezähmt hatten, dass sie ihnen – natürlich nur in Karlheinz' Abwesenheit – mit zufriedenem Gurren aus der Hand fraßen. Eines schlimmen Abends kam Karlheinz früher als sonst nach Hause und erwischte die Kinder in flagranti mit ihren Lieblingstauben auf dem Balkon. Er sagte nichts und verließ den Balkon, kehrte aber Sekunden später mit einer langen Stange zurück. Wir benutzten diese zum Öffnen und Schließen unseres Badezimmerfensters, das in eine Dachluke eingebaut und ohne Hilfsmittel nicht zu erreichen war. An jenem verhängnisvollen Abend erschlug er die zahmen und völlig verdutzten Tiere mit dieser Stange und befahl der weinenden Marie dann, sein

Tatwerkzeug sorgfältig von dem daran klebenden Taubenblut zu reinigen.

Marie und Kevin beschlossen daraufhin, in eine Jugendwohnung zu ziehen, weil das Leben zu Hause unerträglich geworden war. Ich bat sie weinend, mit dieser Entscheidung bis nach den Sommerferien zu warten und versprach, alles zu tun, um Karlheinz bis dahin zur Vernunft zu bringen.

An jenem Morgen, als Karlheinz mir das Bibelzitat über die Frauen und das Haupt entgegenschrie, erkannte ich, dass ich ihn vor der Rückkehr der Kinder irgendwie umbringen musste, da er offenbar völlig den Verstand verloren hatte.

Doch wie und wo sollte ich mich meines fanatischen Gatten entledigen? Ein rasches natürliches Ableben unseres Peinigers war äußerst unwahrscheinlich. Karlheinz mied Alkohol und Zigaretten und erfreute sich bester körperlicher Gesundheit. Leider gehören wir nicht zum privilegierten Kreis derjenigen, die eine unglücksfördernde Freizeitausstattung in Form von Segelflugzeugen, Yachten, Swimmingpool und Sauna besitzen. Da mir rohe Gewalt zuwider ist, meine Zähne nicht besonders gut sind und ich den Umgang mit dem Beil nicht beherrsche, konnte ich auch nicht nach dem Vorbild von Hannovers berühmtestem Mörder Fritz Haarmann verfahren, der seine Opfer erwürgte oder ihnen die Kehle durchbiss, bevor er sie per Hackebeilchen zerstückelte.

Es gibt in Hannover sicherlich einige Orte, die sich gut für die Tötung und Entsorgung eines Gatten eignen würden, zum Beispiel unsere schönen alten Friedhöfe wie den Engesohder Friedhof oder den Alten Stöckener Friedhof mit ihren wunderbaren verzierten Grabsteinen. Diese Friedhöfe hätten den Vorteil, wegen ihrer Weitläufigkeit, der hohen Grabsteine und des schönen alten Baumbestands unübersichtlich zu sein. Außerdem zeichnen sich Friedhöfe natürlich dadurch aus, dass potenzielle Tatzeugen, also die Lebenden, eine verschwindend kleine Minderheit gegenüber den ungefährlichen Toten darstellen. Die Eilenriede lehnte ich aus eben diesem Grund ab: Sie ist nicht menschenleer genug. Ständig muss man Radfahrern, Inline-Skatern oder Grüppchen junger Mütter mit ihren Kinderwagen ausweichen.

Nachdem ich mich beinahe für den Alten Stöckener Friedhof entschieden hatte, weil ich mich dort besser als auf dem

Engesohder Friedhof auskenne, musste ich diese Idee verwerfen. Wie sollte ich mit Karlheinz dorthin kommen, der seit seiner Begegnung mit Paulus und dem Herrn nur noch für seine beiden Vorbilder und die „Gemeinde des Paulus" lebte und „frivole Freizeitbeschäftigungen", zu denen er auch Spaziergänge zählte, ablehnte? Ich befürchtete schon, Karlheinz nicht rechtzeitig vor der Rückkehr der Zwillinge umbringen zu können.

Doch am Tag vor Karlheinz' Tod kam mir ein Zufall zur Hilfe. Beim Aufräumen in Maries Zimmer fiel mein Blick auf eine CD ihrer Lieblingssängerin Alexandra mit dem Titel „Mein Freund, der Baum". Das gleichnamige Lied ist Maries Lieblingslied. Alexandra ist übrigens eines frühen Todes gestorben. Ob sie wohl von ihrem Freund, dem Baum, erschlagen wurde?

Alexandras Baum brachte meine Gedanken auf Äste und Zweige und von dort auf Holz und schließlich das Gerüst an unserem Haus. Ich entschied dann, ES am nächsten Tag, einem Dienstag, auf dem Gerüst zu tun. Der Dienstagabend war nämlich der einzige Abend der Woche, den Karlheinz ohne "Brüder" und „Schwestern" seiner Gemeinde zu Hause verbrachte.

Die weitere Planung verlief problemlos. Eine Stunde vor Karlheinz' Rückkehr von der Arbeit am nächsten Tag, seinem Todestag, legte ich etliche Kekse und 20 Stück Marmorkuchen auf die Gerüstplanke vor unserem Küchenfenster, um Karlheinz' Erzfeinde anzulocken. Einige davon saßen schon ganz in meiner Nähe und beobachteten meine Vorbereitungen mit wacher Aufmerksamkeit. Die Leckereien deckte ich mit Folie ab, damit die Tauben ihre Mahlzeit nicht schon vor Karlheinz' Rückkehr beendet hätten. Unser Haus ist glücklicherweise das letzte einer langen Häuserreihe, und von unserem Küchenfenster blickt man auf ein unbebautes Stück Land, das als inoffizielle Müllhalde für leere Bierdosen und benutzte Spritzen und Kondome dient, was Karlheinz stets zu längeren Ausführungen über Sucht und Sünde veranlasste. Aufgrund der Lage unserer Wohnung war das Risiko minimal, bei meinen Vorbereitungen auf den Mord oder dem Mord selbst von Nachbarn beobachtet zu werden. Zu meiner großen Freude regnete es am Nachmittag von Karlheinz' Tod auch noch sehr heftig, so dass die Straße und der Platz der Sucht und Sünde nahezu menschenleer waren.

Als Karlheinz um 16.57 Uhr die Wohnungstür aufschloss, entfernte ich die Folie von den Leckerbissen vor unserem Küchenfenster. Kaum hatten wir uns zum Abendessen am Küchentisch niedergelassen, als unzählige Tauben mit aufgeregtem Gurren über den Marmorkuchen herfielen. Die Kekse wurden übrigens von den kleinen Gourmets ignoriert. Mit einem wütenden Aufschrei sprang Karlheinz durch das geöffnete Küchenfenster auf das Gerüst und vergaß dabei die Stange aus dem Bad, mit der er Mucki und Pucki nur wenige Wochen zuvor erschlagen hatte. Die Abwesenheit dieser Stange hätte ich ihm nur schlecht erklären können. Ich hatte sie nämlich kurz vor seinem Eintreffen im Besenschrank unserer Küche verstaut.

Als Karlheinz schreiend und wild gestikulierend auf dem Gerüst stand, holte ich die Stange mit zitternden Händen hervor und stieß sie ihm mit aller Kraft, die ich aufzubringen vermochte, in den Rücken. Karlheinz verlor das Gleichgewicht und versuchte, sich am Geländer des Gerüsts festzuhalten. Doch zu meiner großen Erleichterung griff er ins Leere und fiel, immer wieder am Gerüst anschlagend, aus dem fünften Stock in die Tiefe hinab.

Karlheinz' Schreie bei seinem tödlichen Sturz unterschieden sich kaum von den Verwünschungen, die er kurz zuvor auf dem Gerüst ausgestoßen hatte. Dann war es so still, dass der Regen unnatürlich laut erschien.

Nachdem ich meine Mordwaffe, die Stange, wieder an ihren Platz im Bad gebracht hatte, rief ich telefonisch einen Krankenwagen. Dieser erschien wenige Minuten später mit einem freundlichen Notarzt. Zu seinem „großen Bedauern" konnte er nur noch Karlheinz' Tod feststellen. Wegen der schweren Verletzungen, die Karlheinz durch seinen Sturz aus dem fünften Stock erlitten hatte, fiel die kleine Druckstelle an seinem Rücken, die ich mit der Stange verursacht hatte, glücklicherweise nicht auf.

Inzwischen hatten sich einige Nachbarn trotz des strömenden Regens am Unglücksort versammelt. Die Frage des Notarztes, ob ich den „Unfall" meines Mannes gesehen hätte, verneinte ich. Ich berichtete, dass ich die Küche kurz verlassen hatte, um für meinen Mann eine Flasche Mineralwasser aus Kevins Zimmer, dem kühlsten Raum unserer Wohnung, zu holen, wo wir im Sommer unsere Getränke aufbewahrten. Auf dem Rückweg in die Küche hatte ich lautes Schreien gehört und dann zu meinem Entsetzen feststellen müssen, dass mein Mann nicht mehr an seinem Platz am Küchentisch saß. Als ich aus dem Fenster blickte, wurden meine schlimmsten Befürchtungen bestätigt. Karlheinz lag reglos und blutüberströmt am Boden.

Doch da es für Karlheinz' Sturz keine Augenzeugen gab, schaltete der Notarzt die Polizei ein, „um alles ganz korrekt zu machen, nicht etwa, weil ich denke, Sie hätten was damit zu tun", meinte er verlegen lächelnd zu mir. Als kurze Zeit später zwei Kripobeamte eintrafen, wiederholte ich meine Version des Unglücks. Nach mir wurden etliche Nachbarn befragt, die ausnahmslos die Vermutung äußerten, dass Karlheinz wieder einmal Tauben verscheucht und dabei auf den regennassen Planken des Gerüsts ausgerutscht sein müsse. Karlheinz' Taubenhass wurde auch von mehreren Arbeitskollegen und sogar ein paar „Brüdern" und „Schwestern" der „Gemeinde des Paulus" bestätigt.

Somit waren die polizeilichen Ermittlungen rasch abgeschlossen. Das Protokoll der Kripo bestätigte im Wesentlichen die Aussagen der befragten Personen und endete mit der Feststellung: „Ein Fremdverschulden ist auszuschließen."

Noch am selben Tag wurde Karlheinz' Totenschein ausgestellt, auf dem nach den Angaben zu Sterbeort, Sterbedatum und Uhrzeit unter Punkt vier Folgendes zu lesen war: „Unfall, keine Anhaltspunkte für ein Fremdverschulden." Unter dem Punkt „Ärztliche Bescheinigung" waren die Ergebnisse der ärztlichen Untersuchung der „leichenschauenden Ärztin" mit einer Beschreibung von Karlheinz' fürchterlichen Verletzungen aufgelistet. Von einer Obduktion hatte man abgesehen. Sie war nicht erforderlich, da ja kein Fremdverschulden vorlag.

Übrigens hatten mir der Notarzt und die Kripobeamten wiederholt versichert, dass es ihnen äußerst unangenehm sei, mich in dieser schlimmen Situation auch noch mit Fragen und Ermittlungen zu belästigen. Ich ertrug das Ganze mit damenhafter Würde und Haltung. Um von kritischen Nachbarn nicht für herzlos gehalten zu werden und mich möglicherweise doch noch verdächtig zu machen, ließ ich bei jedem Gespräch durchblicken, dass ich noch zu sehr unter Schock stehe, um die Tragweite meines Verlusts zu begreifen und Tränen zu vergießen.

Vier Tage nach dem Sturz fand Karlheinz' Trauerfeier statt, bei der der Geistliche seiner Gemeinde wiederholt betonte, dass Karlheinz jetzt in seiner wahren Heimat sei und vollkommene Freude empfinde. Somit konnte ich meine Tat als Wohltat für Karlheinz betrachten.

Ich hatte unsere Kinder telefonisch vom Unfalltod ihres Vaters unterrichtet und sie gebeten, ihren Urlaub nicht abzubrechen, da ich so schockiert war, dass ich ein paar Tage für mich brauchte. Eigentlich heißt es ja, ein perfektes Verbrechen sei nicht möglich. Wer diesen Satz geprägt hat, kennt mich nicht, Hannelore Meier aus Hannover, 43 Jahre alt, ehemalige Halbtagskraft in einem Teegeschäft, Witwe aus eigenen Gnaden und Mutter zweier fast erwachsener Kinder.

Allerdings, so ganz perfekt war meine Tat vielleicht doch nicht. Manchmal kann ich mich des Eindrucks nicht erwehren, dass Karlheinz' Einfluss nach seinem Tod größer als zu Lebzeiten ist. Mehrere seiner Wünsche sind nämlich posthum in Erfüllung gegangen. Meine Halbtagsstelle habe ich am Tag nach Karlheinz' Beisetzung verloren, weil der Besitzer das Teegeschäft wegen Zahlungsunfähigkeit schließen musste. Die spärliche Witwenrente, die ich seit Karlheinz' Tod erhalte, habe ich zunächst durch eine Teilzeitstelle in einem Briefmarkengeschäft aufgebessert. Dieses Geschäft gehört „Bruder Bernd" von der „Gemeinde des Paulus", was ich nicht wusste, als ich mich dort bewarb. Obwohl „Bruder Bernd" und „Schwester Thea", seine Frau, immer sehr freundlich zu mir waren und sich ganz anders als die „Brüder" und „Schwestern" von Karlheinz verhielten, die ich zu seinen Lebzeiten kennen gelernt hatte, fühlte ich mich dort äußerst unwohl. Ständig wurde ich an Karlheinz erinnert. Als „Schwester Thea" mir eines Tages mitteilte, Bernd sei ihr Haupt, kündigte ich auf der Stelle. Seitdem halte ich mich mit zwei Putzstellen über Wasser. Mein Rücken leidet sehr unter dieser Arbeit, doch meine Versuche, etwas Besseres zu finden, waren bislang erfolglos, weil ich nichts Vernünftiges gelernt und mit meinen 43 Jahren kaum noch Chancen auf dem Arbeitsmarkt habe.

Nach dem Abitur der Kinder werde ich mir eine kleinere Bleibe suchen müssen, weil ich die Miete für unsere Vierzimmerwohnung nicht mehr lange aufbringen kann.

Kevin hat berufliche Pläne. Mit einem Kumpel aus der „Schwulen Sau", die er seit Karlheinz' Tod wieder ungestört aufsuchen kann, will er nach der Schule eine ähnliche Kneipe in Amsterdam übernehmen. Das bedeutet, dass ich meinen Sohn nur noch selten sehen werde.

Marie hat unter dem Chaos der letzten Jahre und dem plötzlichen Tod ihres Vaters offenbar mehr gelitten, als ich vermutet hatte, und Halt in der Religion gesucht. Sie ist mit ihrem Freund vor einem halben Jahr zum Islam konvertiert und kleidet sich seitdem so, dass sie Karlheinz' strenge Anordnungen sogar noch übertrifft. Nie verlässt sie das Haus ohne Kopftuch und trägt selbst im Hochsommer weite langärmelige Blusen über ihren bodenlangen Röcken. Nach dem Abitur wollen Marie und ihr Freund Oliver, die sich jetzt Maryam und Mohammed nennen, heiraten und eine Familie gründen.

Kürzlich bin ich bei einem Spaziergang am Gotteshaus der „Gemeinde des Paulus" vorbeigegangen. Man erkennt das unscheinbare Haus schon von weitem an der überdimensionalen und stets grell erleuchteten Paulus-Statue vor dem Eingang. Ich habe lange vor dem Namensgeber der Gemeinde gestanden und ihn eingehend betrachtet. Mit finsterem Blick schaut er strafend auf etwas, das ihm offenbar missfällt, vielleicht eine aufmüpfige Frau.

Nachdem ich mich vergewissert hatte, dass sich kein Mitglied der Gemeinde in meiner Nähe aufhielt, kletterte ich auf den etwa einen Meter hohen Sockel, auf dem der Paulus steht, und klebte auf jede der gigantischen Zehen seiner Füße einen Aufkleber mit einem grellbunten Spiegel der Venus, dem Frauensymbol. Den großen Zeh des linken Fußes habe ich allerdings noch mit einem zweiten Aufkleber dekoriert, den Kevin mir vor einiger Zeit geschenkt hatte.

Wenn die Aufkleber von empört schrubbenden „Schwestern" der Gemeinde noch nicht entfernt worden sind, ist auf dem linken großen Zeh des Paulus jetzt der Ausspruch eines bekannten Politikers zu lesen, nämlich: „Ich bin schwul, und das ist gut so." Obwohl ich für infantile Proteste eigentlich viel zu alt bin, empfand ich nach dieser Tat eine größere Genugtuung als nach der Ermordung des despotischen Karlheinz. Gestern wäre übrigens sein 45. Geburtstag gewesen.

Anmerkung der Autorin:
Eine christlich-fundamentalistische Sekte mit Namen „Gemeinde des Paulus" gibt es in Hannover nicht. Sie ist frei erfunden, ebenso wie die Personen und Handlungen des „Taubenhassers". Die von der „Gemeinde des Paulus" vertretenen Ansichten, besonders der feste Glaube an eine gottgewollte Vormachtstellung des Mannes, decken sich jedoch durchaus mit den Überzeugungen fundamentalistischer Christen, die auf einer wörtlichen Interpretation der Bibel bestehen.

Quellenangaben:
Die frauenfeindlichen Ansichten, die das Mordopfer Karlheinz vor seinem Ableben äußert, sind folgenden Bibelstellen entnommen:

„... der Mann sei das Haupt der Frau" (Seite 1, Absatz 1) ist ein Zitat aus dem Brief des Paulus an die Epheser, wo es heißt: „Denn der Mann ist es Weibes Haupt, gleichwie auch Christus das Haupt ist der Gemeinde, die er als seinen Leib erlöst hat." (Eph: 5; 23)

„... ich müsse ihm als Frau in allen Dingen untertan sein und dürfe mich auf keinen Fall über ihn, den Mann, erheben" (Seite 1, Absatz 1) basiert auf dem Brief des Paulus an die Epheser („Aber wie nun die Gemeinde ist Christus untertan, so seien es auch die Frauen ihren Männern in allen Dingen") (Eph: 5; 24) sowie dem Ersten Brief des Paulus an Timotheus („Einer Frau gestatte ich nicht, daß sie lehre, auch nicht, daß sie sich über den Mann erhebe, sondern sie sei stille.") (1. Tim: 2; 12).

„... weil der Apostel Paulus gesagt hatte, daß sich die Frauen in schicklichem Kleide mit Scham und Zucht schmücken sollten" (Seite 5, Absatz 2) stammt ebenfalls aus Paulus' Erstem Brief an Timotheus, nämlich aus folgender Passage: „So will ich nun, daß ... die Frauen in schicklichem Kleide mit Scham und Zucht sich schmücken" (1. Tim: 2; 8-9).

„Wenn jemand bei einem Manne liegt wie bei einer Frau, so haben sie getan, was ein Greuel ist, und sollen beide des

Todes sterben; Blutschuld lastet auf ihnen" (Seite 6, Absatz 2) ist ein wörtliches Zitat aus dem Dritten Buch Mose, Kapitel 20, Vers 13.

(Aus: Die Bibel oder die ganze Heilige Schrift des Alten und Neuen Testaments nach der deutschen Übersetzung Martin Luthers, Württembergische Bibelanstalt Stuttgart, 1968.)

Elisabeth Brink

Der Taubenhasser" ist der erste Krimi von Elisabeth Brink. Nach dem Studium der Angewandten Sprachwissenschaft an der Universität Mainz und in Großbritannien arbeitet sie (Jahrgang 1958) seit vielen Jahren als Übersetzerin. Nach mehrjähriger Tätigkeit in der Nähe von Hamburg ist sie seit 1991 bei einer Behörde in Hannover beschäftigt. Sie hat noch nie etwas veröffentlicht und schreibt lediglich in ihrer Freizeit. Der tägliche Umgang mit der Sprache anderer Menschen hat in ihr den Wunsch erzeugt, es einmal mit etwas Eigenem zu versuchen, was den Ausschlag für die Teilnahme am Krimi-Wettbewerb von Schmorl & von Seefeld gab. Ihre Vorliebe gilt Psychokrimis, in denen nicht der allwissende Detektiv, sondern die Akteure, die Tat und ihre Hintergründe im Mittelpunkt der Aufmerksamkeit stehen. In Hannover lebt sie gerne, zumal die Stadt durch berüchtigte Bürger wie Fritz Haarmann und mehrere spektakuläre Verbrechen in den vergangenen Jahren über eine sehr spannende Kriminalgeschichte verfügt.

Tod im Stadion
Hans-Hermann Lührs

Massige, schwitzende Körper, zumeist in roten Trikots, wälzten sich auf dem Altenbekener Damm dem Maschsee entgegen. Männer in Viererreihen, Bierdosen in der Hand. Die ersten Schlachtgesänge: „HSV, HSV ..." und „Zieht den Bayern die Lederhose aus!" Er schloss auf zu einer Gruppe, die sich an der Ampel staute. Hinter ihm drängten andere nach. Eingeschlossen im Pulk fühlte er sich sicher in der dem Stadion zustrebenden Männerhorde.

Vor dem Spiegel hatte er sich lange überprüft, das '96-Käppi frisch aus dem Fanshop tief in die Stirn gezogen, das Trikot mit dem TUI-Aufdruck über die kurze Hose und sich glatt rasiert. Über zwanzig Jahre hatte er Vollbart getragen, er hatte das fremde Gesicht, viel jünger, aber auch mit harten Linien, kritisch beäugt und sich kaum selbst erkannt.

Im Takt mit den anderen setzte er die Gilde-Dose an den Mund und trank das immer wärmer werdende Bier, während er inmitten der schützenden Horde das Rudolf-von-Bennigsen-Ufer überquerte und auf die Maschseepromenade einbog. Besser hätte es nicht kommen können, Spiel gegen Bayern und dazu noch Maschseefest, ganz Hannover schwitzt und schluckt, konstatierte er zufrieden und befreite sich vorsichtig von einer gewaltigen Bierplauze, die sich feucht und prall in seinen Rücken gedrängt hatte.

Die Dunstglocke von Alkohol und Schweiß, die den Männerpulk umgab, bereitete ihm Übelkeit, aber alles zusammen ergab eine perfekte Tarnung auf dem Weg ins Niedersachsen-Stadion. Nie werde ich es „AWD-Arena" nennen, und wenn sie es noch so umbauen, ging es ihm durch den Kopf, als der erste Bierstand in Höhe des Funkhauses angesteuert wurde. Er hielt sich zurück und wartete, bis „seine" Gruppe sich wieder in Bewegung setzte. Sein Vordermann war schon reichlich angeschlagen und krächzte alle hundert Meter „Sieg".

Mein Gott, ich zwischen diesen ganzen Prolls in voller Fan-Uniform, Eva würde sich totlachen, dachte er und zerrte die letzte Dose aus der Plastiktüte, die er einfach fallen ließ. Der erste Soundcheck auf der Bühne am Nordufer jagte ein paar Gitarrenriffs über die gleißende Oberfläche des Sees. Er dachte an die Stones, die am Freitagabend auf dem Expo-Gelände gespielt hatten, dachte an die unvergesslichen Konzerte im Niedersachsen-Stadion, Mick und Keith auf der Bühne, Eva und er eng umschlungen davor.

Eine lustige Geschäftsreise ist das, dachte er sarkastisch, als sich die Menge vor dem Casinogebäude immer mehr verdichtete und ihm seine Platzangst zu schaffen machte. Man trat auf der Stelle, weil aus Richtung des Schützenplatzes ein gewaltiger Schwall Fans den Vortritt beanspruchte. Mittendrin identifizierte er mühelos Dieter Schauschneider, die frühere '96-Sturmikone, der seinen mächtigen Körper auch in Richtung Stadionbaustelle wuchtete. Warum gehen viele gute Fußballer eigentlich nach der Karriere derartig aus dem Leim, fragte er sich und dachte auch an Walter Rodekamp und andere Helden seiner Kindheit. Das ist wohl die unselige Verbindung von Fußball und Bier, zusammen mit dem Karriereende, stellte sein erstaunlich sachlicher Verstand fest, als er den letzten Schluck Bier aus der Dose nahm und sie achtlos zur Seite fallen ließ, wo sie von einem gezielten Tritt seines Nebenmannes unter dem Brückengeländer hindurch in die Leine befördert wurde.

Vor den Kontrollstellen vergewisserte er sich seiner Karte. Bitterkeit stieg in ihm hoch, als er daran dachte, wie er nachts um vier Uhr aufgestanden war, um sich mit all den anderen Verrückten an der Clausewitzstraße um Karten anzustellen. Eva hatte ihn immer wieder aufgefordert: „Mensch, gegen Bayern, das haben wir noch nie live im Stadion gesehen, gib dir einen Stoß, besorg uns zwei Karten. Nur wir beiden, das wird bestimmt schön, und hinterher gehen wir noch aus, in die Maschseequelle, da spielt am 9. August 'ne Band", hatte sie eines Morgens bei der Lektüre des „Schädelspalters", dessen Veranstaltungskalender sie regelmäßig mit großer Akribie studierte, vorgeschlagen. „Wir machen so wenig zusammen, lass uns wenigstens das machen", hatte sie insistiert.

Zuerst hatte er sich weigern und reinen Tisch machen wollen, der Zorn war in ihm hoch geschossen, als sie ihn mit ihren hellbraunen Augen fröhlich anlächelte, aber auch Hoffnung und Sehnsucht, und er hatte schließlich seinen Kopf in ihre Halsbeuge gelegt, sie fest umarmt und versprochen, die Karten zu besorgen. Er hatte tatsächlich geglaubt, alles würde gut und sich schon wieder gefreut. Dass er dann, eine Woche später, in der Geschäftsstelle von Hannover '96 stand und drei statt zwei Karten kaufte, hätte er sich an jenem Morgen nicht träumen lassen.

Mit starrer Miene quetschte er sich durch die Absperrgitter, wies mit dem Blick nach unten seine Karte vor und wurde einer sorgfältigen Leibesvisitation unterzogen. Aus dem Innenraum schallten die Schlachtgesänge des wie immer schon vollzähligen Fanblocks herüber und er konnte sich dem wohlbekannten Adrenalinschub nicht entziehen. Mit zwölf Jahren hatte er das erste Mal vor dem Stadion gestanden, kein Geld in der Tasche, das Spiel lief schon, sechzigtausend Menschen brüllten „Tor"; der Sog hatte ihn erfasst und über den hohen Zaun, an den milde gestimmten Ordnern vorbei auf die Tribüne gezogen ..., das war der Beginn einer Leidenschaft, die alle Höhen und Tiefen überdauerte, seine persönlichen Enttäuschungen und Erfolge wie auch den zwischenzeitlichen Niedergang seines Vereins, den profilierungssüchtige alte Männer ins sportliche Nichts und beinahe in den Bankrott getrieben hatten.

Mit fünfundzwanzig Jahren hatte er seine zweite Leidenschaft gefunden, Eva, diese unglaublich erotische Frau mit der fröhlichen Stimme, von graziler Figur und katzenhaft geschmeidig; dieser Sog hatte ihn weit heftiger noch erwischt als der des vollen Stadions. War Eva in der Nähe, rutschte sein Verstand in tiefere Regionen, sein Herz schlug heftiger noch als bei jedem Fußballspiel. Er war ihr sexuell absolut hörig, jeder Psychiater hätte ihm eine gefährliche Obsession bescheinigt ..., auch noch nach über zehn Jahren Ehe. Aber gerade der Sex mit ihr, nach dem er so verlangte, war zunehmend zum Problem geworden, er wollte sie viel öfter besitzen als sie ihn und geriet immer mehr in eine fiebernde Anspannung, die sich zumeist frühzeitig entlud, wenn er sich ihr näherte. Er hatte wohl gemerkt, dass sie häufiger Kopfschmerzen oder Abgespanntheit anführte, aber auch, dass sie immer unternehmungslustiger wurde und sich ständig auf allen möglichen Veranstaltungen herumtrieb, wenn er lieber mit ihr allein einen ruhigen Abend mit einem für ihn selbstverständlichen Ausgang gehabt hätte.

Die Leidenschaft für '96 teilten sie als eine der wenigen alltäglichen Neigungen, Eva hatte sich von einer wahrhaftigen Fußballhasserin zu einem absoluten Fan gewandelt und liebte die Stadionatmosphäre sehr, obwohl sie vom Fußball wenig verstand. Die Massen strömten durcheinander, den verwirrend neuartigen Zugängen zu den Rängen entgegen. Baukräne ragten in die vor Hitze flirrende Luft. Beinahe 50 Grad, sein Kunstfasertrikot klebte an ihm. Er orientierte sich schnell zum Unterring der Gegengerade und steuerte eine der neuen Toiletten an, die von einer Schlange fachsimpelnder und frotzelnder Männer belagert wurde. Ein Pissoir wurde frei, doch er wartete, bis sich die Tür der dritten Toilette öffnete und er sie hinter sich verschließen konnte.

Zitternd vor Anspannung öffnete er den Spülkasten und griff hinein. Er fand den Beutel erst nach längerem Tasten, zog ihn erleichtert heraus und entfernte die wasserdichte Plastikhülle. Mit einer „Jute statt Plastik"-Tasche verließ er schließlich das WC und reihte sich wieder in den häufig stockenden Zug der Besucher ein. Unerklärlicherweise ging es kurz darauf gar nicht mehr weiter. Panik erfasste ihn, als sich schließlich zwei Ordner als Grund entpuppten, die noch einmal alle Karten kontrollierten, um Irrläufer auf der Baustelle umzudirigieren. Er durfte passieren, sein Beutel blieb unangetastet. Vor dem Block D 18 verharrte er, zählte die Reihen und fand, was er suchte, in der siebten von unten: Evas schwarzen Haarschopf, ihren schmalen Rücken, ihre lebhaften Bewegungen zur kräftig wummernden Musik. Ja, das liebte sie, sie kam deshalb immer gern sehr früh zu den Spielen: die vielen Menschen, die Musik, das Drumherum.

Er blieb ruhig stehen, brauchte nicht zu befürchten, dass sie sich umsah, das tat sie eigenartigerweise nie. Die Feuerwehr jagte Unmassen von Wasser aus dicken Schläuchen in die begeistert johlende Fan-Kurve, er war für einen Moment abgelenkt und freute sich an dem Bild der friedlich feiernden Menge, wandte sich aber schließlich ab und stellte sich in die Schlange am Getränkestand. Daran, dass die Spieler das Spielfeld verließen, erkannte er mit einem Seitenblick, dass es noch etwa zehn Minuten bis Spielbeginn sein mussten. Er bestellte Bier, sicherheitshalber gleich zwei Becher, den ersten stürzte er noch am Tresen herunter. Sofort brach sich das kalte Getränk Bahn und er schwitzte noch stärker als zuvor. Er stellte sich wieder hinter den Block und suchte seinen Platz. Reihe 11, Sitznummer 22. Eva hatte Reihe 7, Sitznummer 22. „Football is coming home", dröhnte aus den Lautsprechern, als er sich setzte und die Stadionzeitung vor das Gesicht hielt, die er wie immer am Eingang erworben hatte. Wie immer, der Gedanke schmerzte ihn, nichts war wie immer ... Eva in Reihe 7, er in Reihe 11 und neben Eva der Kerl, der seinen Platz einnahm, der den Arm um sie legte, der diesen Arm herunter gleiten ließ auf ihre schmale Hüfte, weiter heruntergleiten ließ. Besitzergreifend, selbstsicher, immer wieder. Der Schmerz fuhr ihm durch alle Glieder, sein leerer Blick fixierte die schützende Trennwand der Zeitung, er starrte hinein und erkannte doch nichts. Wie in Trance erlebte er den Aufmarsch der Schiedsrichter und Spieler, erkannte Oliver Kahn und dachte an dessen Affäre mit der Diskomieze.

Hannover legte los wie die Feuerwehr, spielte die berühmten Bayern an die Wand, das Volk im Stadion peitschte seine Jungs nach vorne. Er wurde mitgerissen und merkte, dass er jubelnd aufsprang, als einer seiner Lieblingsspieler, Krupnikovic, zehn Meter vor dem Strafraum zu Boden ging und der Pfiff ertönte. Doch er bezwang sich, drehte sich aus der Reihe heraus, musste nur an einem Zuschauer vorbei und legte die wenigen Meter auf dem Durchgang bis hinter Evas Platz zurück. In der einen Hand hatte er den halb vollen Bierbecher, die andere steckte im Jutebeutel, den er in Hüfthöhe hielt. Eva war aufgesprungen und klatschte wie wild, neben ihr der Typ, der Bernd hieß, wie er in jener furchtbaren Nacht erfahren hatte, als er von einer Geschäftsreise früher nach Hause kam und leise, um Eva nicht zu wecken, das Haus betreten hatte. Er hätte nicht leise sein müssen, denn im Schlafzimmer war es laut. Er hörte diese Männerstimme, er hörte Evas Stimme, hörte die Geräusche des Liebesspiels, hörte sie immer wieder diesen Namen seufzen. Ihr Liebhaber hieß also Bernd, und schließlich wusste er nicht mehr, wie oft er diesen Namen gehört hatte und wie viel Zeit er versteinert horchend im Wohnzimmer verbracht hatte, bevor er das Haus verließ und sich furchtbar betrank.

Krupnikovic hatte schon im letzten Spiel gegen die Bayern mit einem sagenhaften Freistoß getroffen, das war allen im Stadion klar. Er hatte Evas Rücken vor sich, visierte ihn mit dem schräg nach oben gerichteten Beutel an, schaute wieder aufs Spielfeld und erwartete das Toben der Zuschauer. Als der Ball im oberen linken Winkel einschlug und Oliver Kahn vergeblich durch das Tor segelte, riss es ihn mit und er wurde Teil der begeisterten Menge. Ein wildfremder Fan hatte ihn plötzlich am Wickel und schlug ihm begeistert auf die Schulter. „Diesmal machen wir die Bayern alle", schrie der ihm heiser und mit reichlich feuchter Aussprache ins Gesicht. Er drehte sich wieder Evas Rücken zu, doch zu spät, das Publikum hatte sich wieder gesetzt und er war weit und breit der einzige, der stand. Blitzartig senkte er den Beutel mit der Makarovpistole und zog sich zurück auf seinen Platz.

Noch nicht einmal das kriegst du hin, haderte er mit sich und verfiel in Apathie. Alles hatte er so sorgfältig vorbereitet, die drei Eintrittskarten gekauft, er hatte der gut gelaunten Eva gegenüber den Nichtsahnenden gespielt, er hatte Kontakt zu einem zwielichtigen Geschäftspartner aufgenommen, der in Hannovers Halbwelt am Steintor verkehrte, und sich dort mit diesem mehrfach in der Bar „Chérie" am Marstall getroffen. Während sein Begleiter regelmäßig die Liebesdienste der Damen aus Osteuropa in Anspruch nahm und von ihm dasselbe annahm, knüpfte er den entscheidenden Kontakt: Andrej nannte sich der Mann, der ihm schließlich auf dem Parkplatz in der Triftstraße die Makarov mit Schalldämpfer verkaufte.

Nun saß er da und brütete vor sich hin. Hatte er schon die beste Gelegenheit verpasst, würde Hannover noch ein Tor schießen oder einen Elfmeter bekommen? Er bemerkte die Lücken in seinem Plan, während er zunehmend von dem phantastischen Spiel seiner Roten fasziniert war: Ein weiteres Tor musste her, er brauchte das infernalische Gebrüll und das Durcheinander, um zum Ziel zu kommen und um der Verfolgung zu entgehen.

Seine Mannschaft schien ihm helfen zu wollen, denn Bayerns Millionäre konnten den blitzsauber kombinierenden '96ern nur hinterhergucken.

Sein Blick richtete sich nun immer wieder auf Evas Rücken, auf ihre lebhaften Bewegungen, und die Liebe zu ihr überflutete ihn. Jedoch der Arm war da, dieser furchtbare Arm, der sie immer wieder zu ihrem Liebhaber zog, an den sie sich zärtlich schmiegte. Seine Wut kehrte zurück. Es gab Eckball, von den Ecken hielt er aber nicht viel, zumindest „'96" schoss sie oft halbhoch und wertlos in den Gegner. Auch diese Ecke kam halbhoch, aber plötzlich war der Ball im Tor, die Zuschauer sprangen auf die Sitze, und er, er jubelte mit. 2:0 gegen Bayern München, das war schon klasse. Dass er erneut an der Ausführung seines Planes gescheitert war, fiel ihm auf, als er sich beruhigt hatte und auf die Uhr schaute: 26 Minuten waren schon vorbei und er wollte unbedingt vor der Pause das Stadion verlassen.

Wie aus heiterem Himmel schossen die Bayern das 2:1: Einen Fernschuss boxte sich Torwart Tremmel selbst ins Tor, was seinen Nachbarn schwer in Rage brachte: „Dieser Blinde, Toni Schuhmacher hätte den vierzig Meter ins Aus gefaustet." Im Unrecht war der Mann nicht, Tremmel hatte offensichtlich gepennt. So wie er selbst zweimal zuvor. Er fixierte wieder Eva, konnte jetzt sogar ihr Profil sehen, als sie sich ihrem Begleiter zuwandte und, ihm wurde schlagartig schlecht, den Kerl in aller Öffentlichkeit küsste. Lange küsste. Es trieb ihn aus seinem Sitz, seine Hand umkrallte die Pistole, als er sich im Gang postierte. Er würde es auch ohne Torjubel machen, Eva war zu dreist. Wie hatte sie ihn angelogen in den letzten Wochen, wenn sie sich mit ihrem Lover traf, und wie leicht kamen ihr die Lügen über die Lippen, sie konnte ihm wirklich fröhlich lächelnd ins Gesicht lügen, ihn küssen, „bis nachher" rufen und sich spät nachts besorgt erkundigen, warum er noch nicht schliefe. In diesen Nächten war sein Plan gereift, er war bereitwillig zu dieser ansonsten ungeliebten Geschäftsreise aufgebrochen, hatte alles arrangiert, in der Nacht vor dem Spiel die Pistole deponiert, niemand hatte ihn bemerkt, als er das Hotel in Hamburg verließ und wieder betrat.

„Wenn der das mit Toni Schuhmacher versucht hätte, wäre sein Gebiss bis zur Mittellinie geflogen! Tremmel, dieses Weichei!"

Sein verrohter Nachbar kommentierte ein Foul an Hannovers Torwart im Fünfmeterraum, indem er auf ein unrühmliches Kapitel der Fußballgeschichte anspielte.

Er gab sich einen Ruck und näherte sich wieder der Reihe 7. Eva saß jetzt ganz ruhig, schaute offenbar gebannt auf das Spiel. Er war nur noch zwei Meter von ihr entfernt. Wartete. Zielte auf ihr linkes Schulterblatt. Niemand nahm Notiz von ihm. Plötzlich explodierte das vielstimmige Stadiontier. Die Menge johlte, schrie. Eva war aufgesprungen. Ihr schmaler Rücken schräg vor ihm. Er hob die Pistole. Zielte. Zielte mit großer Ruhe. Sie drehte sich um, drehte sich wirklich um. Noch nie hatte sie sich umgedreht, warum gerade jetzt? Schieß, bevor sie dich anguckt!, raste es durch seinen Kopf. Zu spät. Ihre Blicke trafen sich. Ihre hellbraunen Augen weiteten sich ein wenig. Sie erkannte ihn, sah ihn erstaunt und seltsam ruhig an. Der Moment schien ewig zu dauern. Alles kehrte zurück, die gemeinsamen Tage und Nächte, der Film lief ab. Er schoss. Einmal, zweimal, dreimal. Nur „Plöpp". Dreimal „Plöpp". Wie in Zeitlupe drehte er sich um und ging die Stufen hinauf.

„3:1 für unsere Roten, und der Torschütze heißt Thomas Chris-ti-an-sen", die Fans hatten noch ihre Mühe, den viersilbigen Namen des neuen Torjägers zu skandieren. Ihn erreichten die Eindrücke der jubelnden Massen wie aus weiter Ferne. Niemand beachtete ihn, und so drehte er sich, oben angekommen, um und registrierte, dass sich rund um Evas Platz eine kleine Gruppe Menschen um einen leblosen Körper bemühte, der seltsam verdreht über der blauen Stuhlreihe lag.

Er zwang sich, Fuß vor Fuß zu setzen, zwang sich, nicht zu rennen, und wusste doch, dass alles verloren war. Evas Augen, dieser Blick, der ihn trotz seiner äußerlichen Veränderung sofort erkannt hatte. Diese Bilder in seinem Kopf vor dem Abdrücken – Bilder der Zweisamkeit, von Erfüllung, von Lebensglück. Sein Leben hatte ihn angesehen mit diesen braunen Augen. Er hatte die Pistole zur Seite gerissen. Er konnte nicht auf sie schießen, er hätte damit sich selbst erschossen. Aber er musste schießen, und so schoss er auf diesen Mann, den er nicht kannte, der nur genommen hatte, was sich ihm anbot. Als er sich abwandte, ruhte immer noch Evas Blick auf ihm, ruhig und ein wenig erstaunt.

Ohne Probleme verließ er das Stadion, immer noch den Beutel mit der Waffe in der Hand. An der Leinebrücke blieb er stehen, starrte in das bräunliche Wasser und ließ dann einfach die Pistole aus dem Beutel gleiten. Mit leisem Gluckern versank sie fast genau an der Stelle, wo auf dem Hinweg seine Bierdose gelandet war.

Hinfällig sein kunstvoll arrangiertes Alibi im Hamburger Hotel. Hinfällig sein Versteckspiel beim Anmarsch ins Stadion. Hinfällig auch die Rückfahrkarte auf fremden Namen. Er würde sie nicht brauchen. Eva hatte ihn gesehen und erkannt.

Automatisch setzte er sich in Bewegung, sein Blick richtete sich auf das Straßenschild am Wegrand: „Seufzerallee". Was für ein treffender Name, ging es ihm durch den Kopf und er bahnte sich seinen Weg durch die Menschentrauben, die an den Bierständen des Maschseefestes hingen.

Vor der Villa im Zooviertel angekommen, schloss er die Haustür auf und griff im Wohnzimmer sofort nach der nächstbesten Flasche, hörte Lieder von Edith Piaf, wehmütige Lieder, die er schon immer geliebt hatte. Er trank pausenlos und rutschte schließlich auf den Teppich.

„Hey du, wach auf, wach endlich auf!" Er konnte die Augen nicht öffnen. „Du musst jetzt aufwachen!" Sein Schädel war mit Sand gefüllt, nassem, schwerem Sand mit spitzen Steinen darin. „Ich mache jetzt Kaffee für dich, aber wach auf!" Wie aus großer Ferne hörte er Geklapper und den Wasserhahn. Dann spürte er eine Hand, die über seinen Kopf strich und die spitzen Steine ein wenig glättete. „Nun komm schon, mach die Augen auf, ich weiß, dass du mich hörst." Mühsam tat er dies und sah direkt in hellbraune Augen. Augen mit einem feuchten Schimmer. Hörte ihre Stimme. Evas Stimme. „Ich danke dir, dass du es nicht getan hast!" „Aber ... ich habe doch geschossen", brachte er mühsam hervor. „Aber du hast nicht mich erschossen!" „Ich ... ich konnte es plötzlich nicht mehr." Eva streichelte ihm weiter über den Kopf. „Gut siehst du aus ohne Bart, viel jünger und männlicher.

„Ist er tot?" „Sprich nicht mehr von ihm, es war alles sehr dumm von mir, ich habe dir sehr wehgetan." „Aber ... aber ich habe ihn doch erschossen ... die Polizei ..." Sie lächelte ihr fröhliches Lächeln und sagte leise: „Ich habe nicht gesagt, dass du da warst. Als du dort vor mir standst, habe ich erst gemerkt, wie sehr ich dich liebe. Alles war wieder früher, wir beiden im Garten draußen, hier vor unserem Haus, unsere schönen Urlaube, ich wusste plötzlich, dass ich dich nicht verlieren wollte."

„Und die Polizei … ich habe doch jetzt kein Alibi und ich habe ihn erschossen", flüsterte er resigniert.

„Du brauchst gar kein Alibi, mit der Täterbeschreibung, die die Polizei von mir hat, werden sie jeden dickbäuchigen Typen von höchstens einsfünfundsechzig verhaften, aber nicht dich!" „Aber … aber, wie willst du erklären, wie soll ich erklären, dass …?" „Darüber mach dir keine Gedanken, ich habe denen auf der Wache in der Herschelstraße gesagt, dass Bernd sich bedroht fühlte und oft davon sprach, dass er wegen seines Inkassobüros viele Feinde habe." „Aber du hast ihn im Stadion geküsst, ihn dauernd umarmt, wie willst du das rechtfertigen?" Seine Müdigkeit wich langsam dem wieder erwachenden Zorn.

„Kein Problem, ich habe dem Kommissar sofort eingestanden, dass ich mit Bernd eine Affäre hatte, dass du aber davon wusstest, und wir eine offene, moderne Ehe führen."

Er glotzte sie an, wie sie so vor ihm auf dem hellen Teppich kniete. Eva. Was war sie für ein Mensch. Katholisch erzogen und doch so skrupellos. Ihm fiel die Gütertrennung ein. Das Testament zugunsten seiner Schwester, das er vor zehn Tagen stillschweigend, aber innerlich kochend, präsentiert hatte. Kein Haus, kein Auto, kein Boot, keiner mehr, der Kreditkarten zu jedem Fest verschenkte. Eva lächelte ihn an, lächelte aus hellbraunen Augen: „Überlass es mir, sag du nur, dass du früher aus Hamburg nach Haus gekommen bist, weil es dir nicht gut ging. Wenn wir zusammen halten, kann uns niemand etwas tun. Ich liebe dich." Sie stand auf, grazil, mit einer katzenhaften Anmut. In ihm verkrampfte sich alles vor Begierde und Sehnsucht. Sie zog ihn hoch und mit auf das Sofa, wo sie seinen Kopf auf ihrem Schoß bettete und ihm wieder sanft über das Haar strich.

Es klingelte an der Tür. Er sah in Evas Augen und fürchtete sich nicht mehr vor der Polizei.

Nein, nicht vor der Polizei.

Hans-Hermann Lührs

Hans-Hermann Lührs, geb. 1951 in Hannover, verheiratet, zwei Kinder. Mit kurzer Unterbrechung lange wohnhaft in Hannover (Döhren, Mitte, Stöcken, Linden, List, Herrenhausen, Südstadt). Hannoveraner mit Leib und Seele, obwohl jetzt auf dem Land wohnend. Von Beruf Gymnasiallehrer für Deutsch und Politik. Immer noch aktiver Fußballer und '96-Fan. Bislang keine literarischen Veröffentlichungen, Schreiben nur für den Hausgebrauch.